鬼屋

杭州南路
二段
十八巷
十三號

Haunted —— House

谷梅 著

這就是我十三號的家。門前掛著「杭州南路二段十八巷13號　董志淮」，父親成立「天工畫房」，接牌樓設計或廣告圖案，油漆模型等等各式各樣的美術工作。右邊門柱上有掛國旗和放香的地方。隱約可以看到右邊的巷弄。我清湯掛麵，代表已是國中生了。不記得這是誰的摩托車，大概是來工作的叔叔騎的。

和妹妹攝於興建中的中正紀念堂旁，站在堆積如山的水管上，我懷抱小黑。小黑是撿來的流浪狗，牠還很小的時候，我們常抱著牠到處玩耍，後來才再加入小侉。

和妹妹及鄰居謝家姊妹攝於興建中的中正紀念堂。相片中可以看得到後面稀稀疏疏的樹木，近四十年後，現在都高聳茂密了，真的是前人種樹，後人乘涼。那時社會上沒什麼安全概念，工地雖然有圍籬，但是只圍了一部分，我們都還是可以在圍籬外面的水管堆，土堆中，瓦礫中，甚至溝渠中玩耍。現在想想挺危險的。

經過一陣翻箱倒櫃，還好找到這一張十八巷的巷景。鄰居謝家姊妹在我家門口拍下這張珍貴的照片。我被瀝青黏在十八巷的位置，大概就在後方第二輛汽車處。那天小朋友們上學都是走在門前的水溝蓋上方，只有我走在馬路的正中央。

一對和善的父女住在我們家正對面，他們家的狗狗小白和小黃也超級友善，非常親近孩子們，可以清楚看到小黃捲捲長長的漂亮尾巴，我們每天都會跟牠們打招呼，玩耍一番。

小白的招牌動作——拜託，拜託。右邊小男孩身後有一白色空白招牌，那就是我們家。

從鄰居謝家的二樓拍的照片，可以看到我們家門口有小孩聚集。我家大門開一半，一半用木板擋著，防小黑和小佮跑出去。小黑和小佮是當時領養的流浪狗。隱約可以看到右邊的小巷弄，隔開我們家和十一號的鄰居。

有時候父親會要求妹妹和我睡午覺，我們假裝躺著，一旦聽到父親的打呼聲響起，我們立刻跑出去，到謝家的二樓玩耍，這樣就可以從二樓觀察父親的動靜。一看到父親起來了，我們立刻從謝家後門溜出，找機會從家後門進屋去。神知不知，「他們」覺不覺，妹妹和我不知道，倒是成功瞞騙了父親很多次。

妹妹和小伶在家門口。旁邊的巷弄可以通到愛國東路，我在半夜聽到跳動的腳步聲就發生在這條巷弄，「他」停止的位置就在我靠窗的書桌正前方。我和「他」對望。

右邊的是我妹妹，左邊的是謝家小妹，還有小白和小黃。從這角度可以看到另一頭的十八巷，巷頭的那一端就是杭州南路。從巷頭到巷尾，都是我們的遊樂場。

妹妹站在家門口。可以看到身後的前院，地上放幾株盆景，有一盆蘭花。打開紗門就進入我家客廳。還有橫拉門在紗門後面，白天順軌道推往旁邊，晚上父母親會關上軌道門。該門上有幾片毛玻璃，推動時會發出喀拉聲響。大姊聽到有人進入我家的那天半夜，就是這道軌道門發出推動的喀拉聲時，她拔腿衝進房間。

我們家經常都是大門敞開。從這張相片中可以看到小黑身後，我家前院的木地板通風口。通風口用木板擋著，留上方一條縫，以防小黑或小伶跑進去。就是在這裡，妹妹和我聽到哭泣的聲音從通風口傳出來。

妹妹抱著小黑在客廳，可以看到我們家的木地板和木頭凳子。半夜時家具移動的聲音很清楚，尤其是這幾張木頭凳子，拖來拖去的聲音可以透過木地板，傳到我們的耳朵裡。門外是十八巷，以及我們家正對面小白小黃的家。

妹妹和我抱著小黑和小伶在客廳，小伶是被十八巷鄰居丟棄的幼犬，我們帶牠回家，成為家庭的一分子。六人二犬，好不熱鬧。

這張相片後面有標上年月日——69.12.8，我剛升國二，金華女中，中分，齊耳短髮，一點也沒有商量的餘地。我在鏡中看到的藝術品就是出現在我右手邊空白的牆壁上。

小黑坐在客廳的藤椅上。我的二姊就是半夜坐在這張籐椅打瞌睡時被賞了一個清脆冰涼的耳光。

母親，妹妹和我在中正紀念堂的人行道上，杭州南路和愛國東路的路口，後面樓房旁邊有小巷弄通往十八巷，就是我說提燈籠時很夯的那幾條小巷弄的其中一條。從我們家到中正紀念堂都是走那兒，真的是三步併作兩步就到了，所以說紀念堂是我們大家的後花園一點兒也不為過。

自序

杭州南路二段十八巷十三號

從我幼稚園小班到國二的階段，我們家一直住在杭州南路二段十八巷十三號。我不知道巷口的那一棵大樹是否還健在？如果仍健在，那棵老樹就是當時十八巷的起點。當初那兒是一大片眷村式建築，鐘擺晃盪下的是一段非常鮮明特殊的日子。微風的氣味，雲朵飄盪的姿勢，雨滴落地的弧線，夏日午後柏油路面因著熱氣顯出的流動影像，好像以投影片的方式，多年來一直在腦海中緩慢的播放著。

我們姊妹們在杭州南路度過了幼時至青春時期。十年說長不長，說短不短，但卻是一段極為重要的年代。當時外在的政治環境是猛烈動盪，腥風血雨的。

民國六十八年，我在東門國小讀六年級時，中美斷交。雞蛋飛舞，電視裡盡是人群推擠，警察的盾牌散成一片鐵牆，在我頭頂舖蓋成烏雲遮天。

美麗島國有數不盡的故事，真真假假虛幻麻痺了童年的笑顏。

蔣介石過世時，我的小學老師在課堂上淚流滿面，我們每個孩子坐在教室裡靜靜地看著老師，教室外的走廊有陽光灑在樹葉間反射著碎碎的光影。

這些種種都在我們安靜的心裡投下莫名的迷惑與畏懼，晴天霹靂似的震撼著我們幼小的心靈。我曾經以為年紀小，不應該會記得這許多事的，但實際的情形是，我們不但記得，而且還記得一清二楚。

歷史的痕跡，混搭著發生在杭州南路二段十八巷十三號的種種的謎，在我們身上烙著永難遺忘的記憶。

我們安居的家在那十年風雨中飄搖著。

這記憶，包含著害怕、疑惑、擔心、懷疑、好奇和永無止盡的問號。

我們沒有尋求答案，也無法找到答案。所有的事件隨著拆除搬遷後，化成一片廢墟。在拆除之前幾個月，好多住戶在牆上掛著抗議政府的白布條，毛筆書寫著粗黑的字體，看似充滿力道的字跡，無言也無力阻擋時勢所趨，反而為那塊土地增添了悲傷的氣息。

我在民國七十一年六月十八日的日記中寫著：

大前天凌晨十二點，我們家那兒都拆了。昨日我去看過簡直是一片廢墟，我哭了，好難過……

那片兒時樂園後來改建成大樓及國中。

我和二姐在拆除後的幾天到老家探視，放眼望去，水泥，磚塊和大量的木板重重疊疊，它們都躺在地上好像剛經歷了一場災難，露出了絕望的姿態。

歡笑和悲傷在一夕之間成為記憶。

我們站在那兒，感覺像是孤兒，失去了所有的鄰居，告別了所有的朋友，無可挽救的，我們似乎被迫長大，以不合常理的速度，面對了現實。

二姐和我試圖從斷垣殘木中找出一些值得紀念的東西。結果我們很高興的發現一片上頭刻著我們家四姐妹身高記號的木片，其中有一條特別深的刻痕旁寫著歪扭的三個字「腳踏車」，那是因為我們央求父親買腳踏車，父親在牆壁上刻下高度說，如果長到那兒就可以有一臺自己的腳踏車。有了這個目標後，我們幾乎是天天量，好像多量幾次身高，便可以刺激生長激素一樣。

這木片，雖然頭尾都已破損不堪，但總是一段特殊經驗的見證。

見證了時間的流逝，歷史的興衰，也見證了我們曾在門牌號碼十三號的屋裡體會了永生難忘的成長經驗。

杭州南路二段上有一大片水泥和木造混合建造的房子，大部分房子都有院子，也有日式建築，木地板，橫式拉門，也有一些是兩層樓房，或一個大宅院，裡頭住著很多戶人家。有的屋形狹長，走進去像走進隧道。有的院子好大，簡直像迷你公園，種著各種美麗的大樹……如果學校要教孩子們認識家庭建築的式樣，來杭州南路就對了，像廣告說的，一次買齊，一趟路就可以看盡各種組合。

眷村形式的排列，巷弄交錯，有傳統市場、店家和各種雜貨舖。在傳統市場的巷弄裡躲藏著一個幼稚園，叫做「忠心幼稚園」，妹妹和我曾經是那裡的學生，大概只有一個月吧，算是進小學前的暖身活動。在幼稚園的時間短暫，學了什麼完全沒有印象，我只清楚記得幼稚園的點心非常好吃，可見我真是個貪吃的孩子。一到下午點心時間，從廚房傳出的香味總讓我的肚子咕嚕響個不停。我最記得的是湯麵，雖然只有少許肉末，但是湯頭可口，麵條軟軟的，吞下去有溫柔清香的感受。

還有一位專門來說故事的黃老師，她身型短小，戴著深色框邊的眼鏡，總是穿著旗袍式的衣服。我清楚記得她的語音清脆，字字明白。她說故事的時候，所有的小孩子好像都被施了魔法，乖乖靜靜的聽她說話。聽故事時間是我最期待的課程，在聽的過程中，孩子的腦袋裡裝著畫面，按著情節，想像著人物說話的樣子，或風景，或物品。顏色可以自己調進去，劇情演變到那裡，腦中的畫面就想像到那裡。

想像奔馳啊，這和現今幼稚園直接播放影片給孩子看是完全不一樣的。長大後，我對食物和小說一直保持著濃厚的興趣，這可以從四十多年前的幼稚園時光，我就只記得「吃」和「故事」兩件事情可看出端倪。

巷口的老樹在夢中招手

十八巷是一大群孩子們成長的迷幻樂園，比迪士尼樂園還要刺激。它不是只有幾聲尖聲驚叫，但隔些天便會讓人忘記了當時的感受。它的刺激是恆久的，久遠到你幾乎忘了它的存在，但在午夜夢迴中，十八巷巷口的那棵老樹，卻像在對你招手，記憶隨著枝葉的擺動重新復活。

十八巷有著它特殊的神祕氛圍。住在那兒的時候，日常中上演的是血肉汗水交織，最直接貼近生命節奏的生活。就像是住在我們家正對面的鄰居，在我剛上小學時，曾經發生過兇案。詳情我們都不清楚，但是我記得早上起床後，我站在家門口看到對門那家的女主人，一手拿著塑膠水管沖洗他們家客廳的水泥地面，一手拿著長刷刷洗著。從他們家客廳流出來的水都是紅色的。它直接流進門口的水溝裡，也流進我的眼睛裡，讓我在那一天之後，看著十八巷，好像流洩著不同的彩光。

原住戶搬走後，再住進來的是一對父女，對我們這些成天在門外橫衝直撞，吵鬧喊叫的孩子們非常友善。他們養著兩隻狗，看來都是領養或撿來的流浪犬，名叫小白和小黃。小黃有著長長捲捲的漂亮尾巴和溫和的個性，很喜歡親近孩子，也不介意我們摸牠的捲毛尾巴。小白體型較大，因為有鍊子拴著，每次看到孩子經過，都會扯直鍊子，站起身子，雙手用力晃動，模樣就像在祈求，拜拜似的，我們都會走過去讓牠靠著我們的身體，摸摸牠的頭。這對父女很疼愛牠們，也會教我們怎麼和動物們相處。和這兩隻善良的狗狗接觸，算是我們家人和狗兒們結緣的開始，直至今日。

十八巷有許多狹窄的巷弄交錯，連結著各式的商店、住家、市場，充滿野性的味道。來自社會各階層的人們共同居住在這個多樣的社區，呈現出各種不同的面貌。我很喜歡沈從文先生在自傳中提及的幼時生活，他說：

> 我生活中充滿了疑問，都得我自己去找尋答解。我要知道的太多，所知道的又太少，有時便有點發愁。就為的是白日裡太野，各處去看，各處去聽，還各處去嗅聞死蛇的氣味，腐草的氣味，屠戶身上的氣味，燒碗處土窯被雨以後放出的氣味……

他以下的這句話，完全可以用在十八巷，他說：

我就是個不想明白道理卻永遠為現象所傾心的人。我永遠不厭倦的是「看」一切。

十八巷的氛圍的確是迷人的，永遠有看不盡的人事物，永遠有讓人傾心的景致。有很多東西我們看了，聽了，卻仍不明白，但是它在那裡，跟著我們長大，和我們合而為一。

很多現象是隱隱約約的在傳達著所謂「生」和「活」的訊息。日子緩慢的過，長長的巷子，耐心地等待著我們長大，等到一切灰飛煙滅，城市的景觀完全改變了，在某個時候，突然觸到了某一個點，從前的東西便浮上來了，有著恍然的感覺。

從前，我和妹妹常常到市場裡看殺雞。看那些媽媽們手指著竹籠裡擠在一團的某隻雞，然後老闆伸手一抓，將被指定的雞倒提出來，俐落的拿起尖刀往雞脖子抹下，鮮血立刻泉湧般的流進備好的碗裡。等血流淨了，他將雞丟進一個大圓鐵桶裡，按個開關，鐵桶劇烈晃動，好像脫水機似的快速轉動，發出轟隆隆的響聲。旋轉停止時，拿出來的卻是一隻光禿禿的雞，像變魔術似的。如果我沒有記錯，這鐵桶裡應該有熱水，所以雞身會冒著白煙。有時候雞毛沒有除乾淨，老闆會再以粗大的，布滿厚繭的手指頭，很俐落的拔掉零碎的雞毛。我們呆呆的看著，並不害怕，只覺得神奇，雞隻的尖啼聲非常短暫，似乎還搞不清楚狀況時就嗚呼哀哉了。

生活的氣味含著腥臭，散在地上的雞毛和著汙水被人們踩得一塌糊塗。然而，卻充滿了興緻。

人們面對的是希望，熱辣辣的，是生活的況味。

兒時的字典裡沒有「髒」字

兒時的字典裡似乎也沒有「髒」字，從來都不覺得有什麼是噁心的或是髒亂的，更不管什麼是細菌或病毒，而且還很少洗手，手裡拿到什麼就吃什麼，常常玩了半天，汗流浹背，雙手烏黑，指縫還有泥土。吆喝著，一群孩子就往阿公店跑，買了紅紅的酸梅，綠綠的橄欖或是黃黃的糖果就直接往嘴裡送，還舔指頭呢，真不知道那時候小孩子們的抵抗力是不是就是靠著這樣不乾不淨，吃了沒病所鍛鍊出來的。如果生病發燒還挺開心呢，不但不用上學，還可以買一罐沙士來喝，不知道是哪個聰明的孩子在某年某月的某一天特意製造出的謠言，說喝沙士可以退燒，漸漸地連大人們都被呼攏了。不過多補充水分總是有好處，沙士絕對比水好喝。

反正在那種十月光輝國慶日時，家家戶戶會在門口插上國旗的年代，我們如果不是在學校，就是在外面玩。如果不是在外面玩，就是在從家裡準備走到門外玩的那幾步路上。

總之，那時候的天很高，很藍，走在土地上，貼著土地生活。而舊時街巷，灰屋瓦，紅磚牆，老式平房，視野寬廣。即使窩在住宅區中的雜貨店，也是謙和地放個不起眼的招牌，甚或沒有招牌，只有瓶瓶罐罐的商品，靜靜的等待有緣結識的客人，完全沒有招搖的味道。

我們一出家門口便是遊樂場。沒有霓虹燈，跑馬燈，孩子們在清淨的街燈下玩踩影子遊戲，在暗巷中玩鬼抓人。回家，就回到了一個奇怪的地方。

杭州南路二段十八巷十三號，像是一個烙印，刻下深痕，在我們家人的記憶裡。這段日子不論是幸或不幸，哀傷或喜樂，痛苦或歡悅，都對我們的成長有著重大的影響。

尤其是我們家經歷的異事。

相信這個世界的無限寬廣

我幾乎記得一切在十三號發生的事。

即使長大後，當我們家人聚在一起時，總免不了提起那時候的奇詭異事。

它們都真實的發生在我們家。

許多的故事不曾被遺忘，因為它們是如此的不可思議。

我也常常想著，為什麼這些事件總是縈繞在我的心裡？

後來我想到，也許是因為那是發生在我們姊妹們小學至國中青少年的時期，而青春時期總是充滿著豐富的想像，當想像與現實結合時，力量便顯著的增強了。

故事開展後，風吹草動便不只是風吹草動，我們開始感到背後的陰風，聽到來自無處的微語，看到了不屬於這個空間的生命體，我們眼前的世界已不只是眼前的世界。

我希望能將其中少部分的異事記錄下來，當作是故事，說給讀者們聽。但請您們一定要相信我，這些都是真實的事情，實實在在發生在我們的身邊。這幾篇是屬於十三號的經典事件，是我們家每一個成員都記得清楚且完整的事件，至於還有很多的小插曲，為了避免這本故事過分冗長，我只好自私的將它們藏在心底了。

我並不希望它們帶來不愉快或是恐怖的感覺，倒寧願讓這些故事開啟我們心底的一塊小角落，像它們對我們全家的影響一樣：

相信這個世界的無限寬廣。
世界上有很多的事情，
也許我們看不到，聽不到或感覺不到，
或是我們無法理解，
這些，
都不能代表他們——
不存在。

自序

我們十三號的家

我們家的房子是木造地板，那一區的房子很多都是如此，據說是日式建築。從前院進來踏高約一個階梯，有一榻榻米大小的水泥四方形區域，這是我們穿脫鞋子的地方，冰箱也放在這裡。再往上一個階梯的高度便進入我們家客廳的地板了。長方形的家，前院很大，和寬邊同長。後院則分為兩半，左邊是後院，有木梯上一個小陽臺，陽臺是母親曬衣服，和父親調電視天線的地方。常常碰到電視收訊不良的時候，父親便站在陽臺上，一邊調天線角度，一邊問：「有沒有清楚？」，然後我們傳話回喊：「更模糊！」或是「有清楚些！」。這一調總要十來分鐘，喊來喊去，為了要讓將軍牌電視發揮最大的功能，大人和小孩都非常有耐心。

房子的最後面分隔出兩個區塊，左邊是後院，右邊是廚房和浴廁。從客廳走下一格階梯先到廚房，才接浴廁。後面都是水泥地面，廚房很小，所以冰箱放不下，得放客廳進門處。小小的抽風扇高高嵌在牆壁頂端，被長年油煙熏得烏溜溜的。妹妹和我常常蹲在廚房的地上看母親從市場買回來的蛤蜊吐沙，牠們在水盆裡不時地吐出小泡泡，還會活動，我們覺得很有趣。有時看到一兩隻開著口，我忍不住輕碰牠，看牠迅速閉合，簡直太神奇了。

後院放置不少父親的東西，也是我們家兩隻狗兒小黑和小伶的活動區域。有時候不想讓父親知道，我們會從後門溜出去玩。

去頭去尾的中間部分就是我們的平時吃飯睡覺的地方。中間的長方形依長邊切割為兩半，右半邊為我們大家的書房，兼客廳及餐廳，沒有任何隔間。左邊分隔為三間，各有拉門可獨立關上。最靠前院的是父母親的房間，也是父親的辦公室，有個大衣櫥，上面被妹妹和我亂七八糟的貼了各式各樣的貼紙。中間是妹妹和我的房間，最後一間是兩位姊姊的房間。不過大部分的時間我們四姊妹都是擠在一起睡的，彼此搶被子，睡夢中互踢，聽彼此說夢話，還有抱怨彼此半夜磨牙的聲音，以及種種經歷。

能這樣一起長大是件很幸福的事吧。

十三號的地板下是中空的，靠著無數根柱子支撐著。在前院及後院各有一個約三十公分見方的通風口，我們姊妹們很喜歡在夏天時窩在通風口往裡頭張望，一來覺得好奇，裡面一片漆黑，想像著不知道會有什麼東西出現；二來這兩處通風口隨時都有涼風，很陰涼的風，像天然的涼風扇一樣。吹冷風，兼聊天，是我們炎炎夏日休憩的好地方。我們家的小黑和小伶，牠們就很喜歡躺在通風口吹風打瞌睡。

如果你站立著，面對十三號我們家的正門口，正門的右邊是條巷子，大小約可容納一輛三輪車進入。這段巷子的前半部長度剛好是我們家的長度。走至巷子的中間會遇到三條岔路，都是窄細的弄。往左走會經過我們家及所有這排住家的後門。直走通往後來的中正紀念堂，也就是愛國東路，往右則通往杭州南路。這三條窄弄，寬不超過三位並肩的小孩。我們有時找朋友或探險，都會故意走這些路，尤其到了提燈籠的日子，這幾條沒有燈的暗道是熱門路段，用現代話來說，人氣非常旺。但是平常並沒有許多人走後面的窄弄，也因為人少，父母不准我們一個人走後門去找鄰居。

現在的孩子可能沒有辦法想像三十多年前的杭州南路二段十八巷是一個什麼樣的地方。也如同當時的我們無法想像三十多年後的孩子，竟然可以用一片薄薄的小金屬方塊來和朋友寫信或通話。

世代變遷的速度越來越快，可有些東西是留在時光之外的。

生活是其中之一。

對孩子們而言，十八巷不只是個玩樂的天堂，更是觀看人間的劇場。

鄰居們來自社會各階層，從事各種不同的行業。

住在我們家斜對面的叔叔很嚴肅，他是開計程車的。沒有開車的時候，他用很長的塑膠水管從家裡接水出來，在門口擦洗車子。他不多話，洗車的時候很專心，好像很寶貝他的車子。當然，在那個年代，住在十八巷的，我沒有印象看過誰家有汽車。我看著他洗車的樣子很認真，覺得很新鮮。

我們家斜對角再過去一戶原是間美容院，他們家會將一個大鋁盆裝滿水，放在門口曬太陽。等水被曬溫了，幾個孩子只穿著小內褲，就直接在門口洗澡玩水。我當時覺得他們真會省瓦斯。現在看來，他們不只聰明，還很環保。後來不知道什麼原因搬走了。

謝家

新搬來的謝家有五個孩子，老四和老五成為我和妹妹那段時間最要好的友伴。她們的哥哥很喜歡唱歌和攝影，常聽到他彈吉他練唱的聲音從他家樓上飄出來。長大後無意間得知他在餐廳駐唱，妹妹和我跑去看他，傳了一張紙條點歌，上寫「歸人沙城」，他一拿到時臉上立刻浮現笑容，因為他國中時常常練唱這首歌，多年後也只有我們這種老鄰居能用一首歌傳遞問候的心情。

大門深鎖的鄰居

也有一家人都很有氣質的，這在鄰居中並不多見。大部分的家庭總有大小聲的時候，孩子們在外頭都玩得手腳烏溜溜的，父母會在門口喊著孩子的名字，孩子們則會在巷弄中追打叫罵，這些人家的前後門多是敞開的。但是有幾戶就是不一樣，大門深鎖，鮮少人進出。有進出的時候也是靜靜的，一點也不張揚。我第一次覺得所謂讀書人大概就是那個樣子。他們走路時抬頭挺胸，安靜沉穩。有一家六口總是吸引我的目光。因為那四位大哥哥們都長得很帥，他們的父母看起來像是上流社會的伯爵和夫人。他們雖然沒有和我們有任何交集，但也沒有感到一點敵意，就是有點距離。現在想想，他們的背後應該都有一長串的故事。

那靜靜的，也許是國愁吧。

長大後才知道的許多實情，國民黨倉皇撤退等種種不堪的歷史，再讀了齊邦媛教授書寫的《巨流河》，更瞭解那一代人的苦，他們內心要如何的堅強才能面對人生的幻滅？龍應台女士在《大江大海一九四九》中說：「所有的顛沛流離，最後都由大江走向大海；所有的生離死別，都發生在某一個車站、碼頭。上了船，就是一生。」

我當時在杭州南路看到的，有多少就是被迫告別家鄉，來臺奮鬥的平凡卻又極不平凡的人物呢？就像是我的父親，他聽了我一輩子的生活點滴，我的記憶裡卻沒有父親的過去。我從來沒有想過他的山東老家有沒有蘋果樹？他幼時最愛玩的是什麼遊戲？他最要好的朋友叫什麼名字？離開大陸的那一天，如何和爺爺奶奶揮別？

在兵荒馬亂中，他是怎麼搭上了船？如何在一無所有的情況下，和母親胼手胝足，拉拔我們，給我們溫飽……

我連一天，都沒有聽他說過。只能在回憶十八巷的日子時，試圖拼湊出父親和那些大人們已趨模糊的腳步。

小蘭姐姐

還有一位小蘭姐姐，有圓圓的臉蛋，留著齊肩的烏黑頭髮，每次看到我們都充滿笑意。她的聲音溫柔清新，在夏夜時分，在十八巷的路邊，她讓我們一群孩子圍繞著她，坐在小板凳上，一邊乘涼，一邊聽她說故事。老實說，我一個故事都不記得，但是那情景，好溫馨，好動人。現在想起那位大姐姐，心裡充滿感謝，她真是個心地善良的人，在孩子們的眼裡就像個天使。我們這群野孩子跟她非親非故，她卻無所求的，熱心地散播文學的種子。大家安靜的圍在她的身邊，聚精會神的聽她講故事，當下的我們必然是如添了翅膀般，跟著她在暗夜裡飛翔於星群中。小蘭姐姐讓大家的十八巷，除了野，除了狂，加入了平定和穩當，讓十八巷的夜裡散發著童趣與想像。

杭州南路二段十八巷十三號

海南島同鄉會

十八巷裡有一個海南島同鄉會，離我們家只有幾步路，紅色的大門，院子有棵大樹，枝葉茂盛，爬出牆外，能在炎夏裡灑出一小片的陰涼，提供我們這些不畏紫外線的孩子一處喘息說話的角落。同鄉會裡的一位叔叔常常來找我的父親，他身形高瘦，臉龐總是紅通通的，說話嗓門很大，帶著鄉音，呼出濃濃的酒氣，我們倒不怕他，因為他對我們都很友善。只是我們後來發現偶有男子騎著三輪車，車後面疊放著三四個鐵籠子，裡面都塞滿了小狗，他是來這附近兜售幼犬的，感覺就像在賣雞鴨一樣。海南島同鄉會裡的叔叔都會出來買狗，我們躲在屋內往門外瞧，看他們用袋子裝小狗，而且是好多隻小狗，起初覺得莫名其妙，不明白為什麼要養這麼多的狗，而且也從來沒見到任何狗影子，後來才知道他們是買幼犬來當食物。他們一定是吃慣的，殺狗技術絕對俐落，因為我從來沒聽過半聲哀鳴。

在十八巷長大的孩子，生活中隨時圍繞著各種色彩。年幼時，什麼都有趣，什麼都好看，但是什麼也都是片斷的，沒有對錯，沒有價值觀。隱隱約約的，我心裡想著那些幼犬，有一點不安，但沒有強烈的情緒，覺得那是叔叔們的生活方式。就像我們看殺雞殺魚。當時家裡也養狗，我們都喜歡和狗兒們接觸。那一袋袋被帶進海南島同鄉會的幼犬，和我，和來自各省各地的千千百百的居民，都只是杭州南路其中一部分的景觀。

就如同萬物都有不同的姿態。

何家

十八巷往市場的轉角有一株高大的桂花樹，在夜晚散發著迷人的香氣，點綴著星月迷離，讓舊時回憶增添了詩意，也讓狂野的十八巷因花香而收斂了。桂花樹的主人是何伯伯，他是大學教授，看起來很嚴謹。何媽媽則是溫柔慈祥，我們常趁何伯伯不在家的時候去她家玩耍胡鬧，何媽媽和藹到完全沒脾氣似的，對我們簡直是百分之兩百的包容。她的女兒讀再興小學。再興小學可不是一般十八巷的孩子能唸的學校，我們那學區幾乎都是東門國小和弘道國中的學生。她穿著淺藍色的制服，讀著赫赫有名的私立再興小學，很吸引我們的注意力。她綁著兩條長辮子，長得很可愛，一看就知道很聰明，功課很好。

她和我的二姐是好朋友。我看過她的作文簿，每篇文章都被老師劃滿代表佳句的紅圈圈，文筆好到嚇壞人的程度。她的父親何伯伯會依進度，要求她背完論語或古文觀止後才能出來和我們玩。這讓我從小就體會到，文筆要好就得勤讀書。我們常常在她家圍牆外跳躍，邊望裡面，邊喊她的名字，吆喝她出來玩。何媽媽會很客氣地開門出來跟我們解釋說要等她背完書才可以出來。

紀家

靠近市場的好朋友紀家是做豬油的，經過她家可以聞到厚重的油脂味。她們養一隻狗，那時候很多人養狗都是放在外面養的，很少戴狗鍊，大約也像是養孩子吧。孩子們和狗狗們都是自由自在的在外頭玩耍，餓了才會回家。至於累不累呢？印象中，十八巷的孩子們，包括我在那，好像沒有「累」這項感覺，永遠都是玩到被抓回家，喊回家，罵回家，心不甘情不願的回家。當然一回到家要開始寫功課的時候就覺得非常疲累了。

紀家會在門口給狗兒食物，我看牠的大碗盤裡總是非常豐盛，想來她們家要熬豬油，自然不缺肉骨頭。以一隻做為狗兒的標準來說，牠算是住在富貴人家。

野臺戲

我們家隔壁，隔一條小弄的住戶，曾經是一間廟堂。托廟堂的福，為了酬神，大家每年總可以看好幾齣露天電影或野臺戲。如果是野臺戲，木架搭起的臺下空位會有攤飯聚集。小孩子們蹲著身子，圍在攤販旁，最吸引人的就是烤魷魚。聞著魷魚的香氣，看木炭在鐵網下泛著紅光，油煙在黃燈泡下散發著迷濛的氣息。我們邊吞口水，邊看攤販翻轉魷魚，攤販們對我們這些又不買，又占用位置，還一邊流口水的孩子們很友善，從來也不趕我們，想來我們都流露出癡情的眼神，讓攤販捨不得叫我們離開，因為大家過的都是辛苦的日子，如果能讓孩子們看了也高興，即使吃不起或吃不到，也算是一種給孩子們的補償吧。就如同望梅也有止渴的功能。

我也常站在戲臺後面，透過篷簾的細縫往裡面瞧，偷看歌仔戲演員們化妝，濃厚的粉彩在臉上像是掛著一張面具，烏黑的兩鬢修飾出鵝蛋般的雙頰，我覺得他們不像是與我們共同行走於平凡世間的人。等聽到他們彼此交談，說著平常臺灣話又覺得非常奇怪，他們的身邊也有著和我們約同齡的孩子們，也會掛著兩道鼻涕或穿著破舊的拖鞋在小板凳上寫功課，這些情景都和他們在舞臺上的光彩姿影連接不上。戲裡戲外，臺前臺後，往往讓我迷惑，想戲棚裡的人生與我們真的很不一樣，卻又很像。

童養媳

廟堂搬走後，住進來的鄰居似乎是大家庭，人口很複雜的樣子。他們和我們完全沒有交集，說不出為什麼，好像來自不同的國家，語言不通似的。我們在巷弄中時常會碰面，但是他們都不會和我們有眼神上的接觸。不時會聽到他們家傳出打人罵人的聲音，然後就是哭聲，那是我第一次瞭解什麼是「童養媳」。莫名其妙的是，我對那家的男主人們完全沒有任何記憶，好像他們並不存在。不知道是不是因為潛意識中很排斥他們那樣對待女孩兒的態度，讓我將他們隔離了。記憶果真是具有神奇的篩選功能。

他們家的女生都長得很健壯，我們常常看到據說是童養媳的那個女孩子在巷子後面做著各式各樣的家事，我父親對此不太高興，不是針對她，而是因為他們的這些家事都在後門外進行，拉條水管就在外面洗菜、洗米、洗鍋碗瓢盆、洗衣服等等，大大小小的盆子佔用了小弄的部分行走空間，我們經過都得繞一下。我居然還記得她的名字以臺語發音是「孟佑」，因為她一天到晚被叫喚不下百次吧。她的長相並不是很好看，嘴唇總是嘟著，短髮，微胖，有點凌亂，非常忙碌。雖說是童養媳，但是很奇怪的是，在那個窮困的年代，以她的身分，她竟然在學音樂。她跟一位老師學揚琴，一星期中有幾天的晚餐後，她會在家門口就著路燈練琴。她的老師是一位穿著唐裝的中年先生，熱心的在旁邊指導。揚琴的聲音悠揚，點綴了十八巷的夜晚，單調的路燈幻化成舞臺的水晶燈，隨樂符照亮那一方的土地，讓人暫時忘卻了日間的紛紛擾擾。

她家還有一隻名叫哈利的土狗，黃白毛相間，矮矮壯壯，他會隨女主人上市場買東西，然後用嘴巴銜著，幫忙帶東西回家。有時候是一捆青菜，有時候是一袋生肉。鄰居們都會帶著讚美的目光看著哈利，他也昂頭挺胸，信心十足的模樣。

蘇童的香椿街

十八巷簡直像是作家蘇童筆下的香椿街，熱辣鮮跳的生活故事直比小說情節。我們天天看著，聽著，聞著，嚐著，不一定明白了什麼，可是生活就是那樣點點滴滴的進去了。流進了腦袋裡，等到長大以後，像挖寶一樣，你會驚訝自己挖出的東西原來是這個。你以為不重要的，早已遺忘的，其實它已化成自己的一部分。你以為很重要的，後來才突然明白，原來不過就是這麼一回事兒。

接下來我要開始介紹發生在我家的奇事了。

目次

1 急症

這一切都要從那一天開始。

一個不尋常的開始，代表接下來近十年的紛紛擾擾。

警訊發生在第一天，我們家搬進杭州南路二段十八巷十三號的那一天。

其實在搬進去之前，房東曾帶著父母親去看過房子。母親說那天傍晚當她走進屋內時，覺得全身非常不舒服。房子光線很不好，屋子呈長方形，很深，陰森森的，她一刻都不想待在裡頭。但是十三號有一個特點，它有很大的前院及後院，父親可以置放許多他的畫作和美工材料等，符合父親的需求，他很滿意，所以當天就決定租下了。

那是一個冬日的早晨，母親說，天色陰暗，灰雲遮住了早晨剛露臉不到十分鐘的太陽，母親很擔心搬家時會遇到下雨，因為那時候搬家比較潦草，沒有帆布遮蓋著，這讓母親的心一直掛在天色上。還好天空的暗度及雲朵的厚度剛好維持在母親焦慮的邊緣，當天並沒有下雨，後來才知道這焦慮不過是一個暖身。

就在我們剛搬好行李家具，搬家工人才剛離開，小貨車揚長而去，我們正式住進十三號的那一瞬間，父親突然頭痛欲裂，他立刻倒在客廳地板上無法動彈，無法言語，臉上露出驚恐的表情。

我們四姊妹那時都小，不記得這件事，當然什麼忙也幫不上。

母親說，我們出奇的乖，看著父親不吵不鬧，可能也是嚇到了。母親簡直嚇壞了，當時電話尚未裝妥，她衝出家門，問了隔壁鄰居，知道隔條巷子有一家內科診所。她抱著小妹衝去找醫生，將診所的醫生直接請來家裡看父親。

醫師來的時候，父親面容痛苦，但是神智清楚，嘴唇抖動著，看得出他試著要發出聲音，偏偏說不出話來。醫師仔細的聽診，量父親的血壓、體溫和心跳，一切都很正常。父親過去也沒有任何疾病史，尤其是他的血壓非常標準，這點讓醫生感到非常困惑。從父親的情況看來，似乎是中風，但一切症狀又不太符合診斷的標準。

父親睜著大眼，惶恐地看著焦急的母親和困惑的醫生。

母親在旁邊非常著急，頻頻叫喚父親的名字，他依然沒有辦法移動身體，就像是被電影裡的「急凍人」瞬間將父親凍住了。當醫生正準備建議送醫院急診時，父親卻突然開口說話，也能活動了，這可把醫師嚇了一跳。父親說他頭痛欲裂，而且感到非常疲累、虛弱，好像正在經歷一場大病。醫師和母親詳問他的狀況，但是他無法形容當時到底怎麼回事，他只知道自己突然之間覺得頭很痛，痛到必需躺下，接著身體便僵住了。這整個過程他都很清楚，也能聽到所有的聲音，看清楚發生在身邊的一切景象。

為什麼突然「凍住」，又突然「解凍」，他和醫生都完全沒有概念。醫生摸摸腦袋，透露了一絲迷惑的神情，開了止痛藥，請父親多休息，請母親好好觀察父親的狀況後便離去。

事後父親也說不出個所以然來，只好歸咎在搬家的過程，太過勞心勞力所致。母親卻是感到非常不對勁，雖然接下來開始發生一連串的事件，讓我們明白父親的莫名急症不過是一個警訊，一個不友好的警示。但是母親說，那個時候家裡經濟狀況差，能租到這個不算小的房子，已經很幸運了。雖然在搬進來之前，母親不喜歡這屋裡的感覺，她說感覺很陰冷，一點也不明亮，但是父親卻認為地點好，又有前後院。所以不管有沒有這個開始，也不管母親當初是否排斥這個房子，都不會影響父親的決定。

接著，父親才剛剛恢復沒幾個小時後，母親要準備晚餐，得叫瓦斯行送瓦斯來。當送瓦斯的先生來的時候，他看到母親和我們幾個孩子時，面露驚訝。他說，前一任住戶也是一對夫妻，有五個小孩，一住進來後，五個孩子就一直輪流生病，弄得夫妻倆精疲力竭，他們沒住多久就搬走了。房東後來想賣掉這個房子，可是始終賣不出去，後來才再出租。瓦斯先生還很關心的問母親，我們四個女兒身體可好？這關心可把母親的不安感提升到最高點，真是不問還好，一問嚇壞人。

看來，我們住進十三號是一個注定。

一切聽天由命，即使它已預告這段經驗將會影響我們一輩子對許多事情的看法。

不是每一件事情都能到合理的解釋。

也不是每一件事情都能得到科學的驗證。

2 血光

父親是一位藝術家，搬進杭州南路後，設立了「天工畫房」，接了許多牌樓的設計案子，他也是國際技能競賽油漆工的裁判，常有學生跟著父親學畫、學油漆。這屋子有個不小的前院，可以放很多父親的作品，包括國畫、油畫等。後來父親的工作夥伴還暫放了一臺印刷用的大機器在前院，以拓展業務項目。印刷機器滾動齒輪的規律聲響，和油墨的味道，陪伴了我們一段不算短的日子。然而印刷機器才搬進來沒有多久，便發生了一件不幸的事情。

印刷機器的主人是陳叔叔，我不記得他的名字了，因為他和我們幾個小孩子並不是很親近，我很少看到他的笑容。孩子們其實都是很敏感的，大人們喜不喜歡他們，孩子們是可以感覺得到的。陳叔叔就是那種會顯露出「你們還是不要來吵我比較好」的表情的那種大人。我後來想想，也許是生活的壓力，讓陳叔叔總是很嚴肅的面對工作，所以也沒有閒情理會我們這些煩人的孩子們。倒是有幾位印刷工人對我們很友善，偶而還會逗著我們，說幾句話，或躲在巷子邊，當我們經過時跳出來嚇我們，玩躲貓貓。當然我們並沒有真正被嚇著，反而是興奮地尖叫。雖然和大哥哥們玩的時間非常短暫，可是那時快樂的感覺卻很清晰。

孩子是這樣的，很容易開心，很容易滿足。

現在想想那些工人們當時都非常年輕，大概都只有十七或十八歲吧，早早離開學校便投入了職場。那段期間我們家前院總是很熱鬧，機器聲、說話聲和音樂聲交錯，對孩子而言，當然越熱鬧越好玩，哪個小孩會嫌吵呢。但是熱鬧的情形並沒有維持很久，我記得這臺機器運作才一小段時間便出了意外。

有一天下午我聽到前院人聲嘈雜，有事情發生了。

原來是陳叔叔的手掌在操作送紙時，突然被捲進機器裡。我們在家裡的客廳聽到他尖銳的哀號聲，都衝到前院，看到鮮紅的血液從機器的輪軸中流出，散得一地。他的整個手掌不見了，可以看清楚已經卡在機器裡面。父親立刻跑回房裡播電話，呼叫救護車，等醫護人員來解救。幾個印刷工人圍著他，試圖給他打氣，我看到陳叔叔痛苦的表情，額頭一片濕。我看呆了，不知道當時是否有驚嚇的感覺，也許有吧，因為大人們立刻將我們支開。

我記得意外事件發生當時的氣氛，空氣中流動的是焦躁不安，人們的竊竊私語。年輕的工人們議論著當時的狀況，不明白一向謹慎的陳叔叔怎麼會這麼粗心？其中一位還說，放紙張時是不需要接觸輪軸的，但是他看到陳叔叔放紙張在平臺上後，竟直接將手靠近滾軸，實在搞不清楚他怎麼就失了神，整個過程不到一秒鐘，他想喊停都來不及。

我聽著他們說話聲，夾雜著陳叔叔低沉的呻吟聲，大家流露著關切的表情，也混雜著鄰居們觀看熱鬧的神情。

陳叔叔送醫後，事件總算告了個段落，我想他的手掌應該有保住。因為後來有很長的一段時間總是看到他的右手掌包裹著白紗布，整個手掌好像腫大了兩倍多。

意外發生後，父親禁止我們靠近那臺機器，不然我們之前總是在他們收工後，在印刷機爬上爬下，尤其是送紙張的平臺很大，冰冰涼涼的，妹妹和我常坐在上頭聊天，聞著油墨的味道。我尤其喜歡看印出的成品或半成品，有著鮮豔的色彩，躺在印刷機旁邊的地上。它們白天從滾軸中一片一片地流出，晚上則靜靜地等著隔日的輪迴。坐在平臺上也可以清楚看到那些年輕的工人們貼了許多女孩子的清涼海報在靠近天花板的牆壁上，穿著比基尼的女子們每天對著我和妹妹微笑。

對於陳叔叔而言，印刷機流血事件算是一件慘痛的經驗，之後印刷機也沒能留很久，陳叔叔大概另找他處繼續營業。當時我們都還未有任何的聯想，直到陸陸續續的異事出籠，才知道這血光之災也許不是一場單純的意外。在所有屬於十三號的故事中，這稱得上是驚心動魄的了，付出的代價是身體的傷害和痛苦，著實令人難過。

3 氣喘

印象中，父親總是很忙碌，設計的案子連續不斷。若遇到國家慶典，或是特殊的外賓來訪，光是做牌樓就忙不完，另外還有製作模型和寫字畫畫。按照道理，我們家的經濟狀況應該會慢慢好轉才是。然而我們一住便是十年，直到政府將那片區域強制拆除，我們不得不搬遷為止，父親依舊是口袋空空，甚至還背負著不少的債務。

「錢都留不住的。每次只要你爸賺了點錢，一定會發生什麼事，都是左手進，右手出，錢都必須要花掉。」

母親常常不勝感慨地對我們說。

母親說我幼兒時期身體一直都很好，但自從搬到杭州南路後，我便開始莫名其妙的大小病不斷，這我倒是記得清清楚楚。我只要一感冒，不是氣喘，便是發高燒，別人服帖藥就沒事的，我不但得向學校請個三天假，還得半夜跑幾趟醫院，吞下數不清的藥丸。我常常想起父親抱著氣喘病發的我上醫院的情形，他在夜半時，在泉州街上，敲著診所的鐵捲門，大聲喊著：

「張醫師……張醫師……」

敲打鐵捲門的鏘鋃鏘鋃聲和父親的嘶喊聲迴盪在無人的街上，從沒有鄰居開窗抗議父親夜半的喊叫聲，這就是溫暖的人情吧。路口的街燈慘白映著父親的面容，他的眼神，他前後踱步的動作，我都記得。

時間停止在那一刻。

我像是逃進絕路的困獸，奄奄一息等著獵犬的撕咬，一邊又期盼此次能逃過死神的追蹤。當鐵捲門啟動的機械聲響起，父親趕緊走來握緊我的手，拉我走出黑暗的騎樓。他的手厚實巨大，我感覺到那熱度，溫著我喘不過來的支氣管，它們似乎也停止了顫抖。張醫師穿著咖啡色的長睡袍，也不多話，也沒埋怨，好像父親半夜將他叫醒是理所當然的事。

他照例聽診，然後幫我打一支針。不過，他打針的技術實在很不好，針戳進皮膚的動作太慢，真的非常疼痛。我也顧不得是大半夜，醫師家人和整條街的住戶都在睡覺就嚎啕大哭，父親沒有罵我，只是一直跟張醫師道歉。當時覺得如果能在白天發作有多好呢，護士的技術好得多，我幾乎可以忍住不哭。

那無數個夜晚，冷清的街道旁，蒼白的路燈下有許多的飛蟲，伴著不眠的夜。有時候父親會帶我到金華女中附近，新生南路上從前有一家「兒童保健醫院」，找岳大夫。我也記得岳大夫，因為他很和善，跟父母說話時完全是同理的，充滿關心的語氣。我生平第一次注射點滴就是在那兒。那一夜母親在醫院陪我，我還記得她的眼神溢出滿滿的心疼。她問我打針的手痛不痛，我說不痛。有了母親在我的身邊，一切都沒有什麼好擔心的。我睡睡醒醒，隔天回家，在我看來不過又是一場感冒，但是每一場感冒都讓父母焦慮掛念，好像經歷一場大戰，戰況激烈，臉上的皺紋不知增加了多少條。我想我在同年紀的孩子裡，吞藥技術絕對算是一流的。我很小的時候就不用服藥粉了，我可以喝一口白開水配合吞下幾顆膠囊藥丸，臉不紅，氣不喘。

能訓練到這程度是因為我常常在深夜時突然喘不過氣來。

多少個深夜，我半坐臥的靠著牆壁，躺在地板的被褥上，張著口看著身邊的父親母親，他們憂心糾結的面龐，這是兒時記憶裡最深刻的畫面。雖然我的氣喘毛病，在我升上國二，搬離杭州南路後便莫名其妙的痊癒了，但一直到中年，身為人母，當我的孩子生病發燒時，兒時的畫面與流水般的時光重疊時，仍讓我感到心裡一陣酸楚。無故折磨了父母多年，鬧了無盡不眠的夜，他們的付出，我一輩子也無法回報。

如果我喘得太厲害，非得跑醫院，但又虛弱得無法起身，沒辦法坐上父親的摩托車時，父親就得衝到巷口外的大馬路試著攔計程車。

要知道民國六十幾年的時候，可沒有滿街跑的小黃，更沒有二十四小時無線電呼叫計程車。父親這一去攔車總得靠運氣，有時候要很長的時間，我反正也是喘著，只是等著上醫院或診所報到。奇特的是，不論時間等多久，我總是好好的喘著，絕對不會喘得更厲害，也不會緩和下來，好像只是肺腔裡的大小氣管支氣管心情不好，發了頓無理由的脾氣。

我完全不記得身體不舒服的感受，說實在話，的確沒有特別不舒服，就是喘了些，呼吸不順，有點頭暈，我可以聽得到自己氣管發出咻咻的聲音，然後我必需坐著，無法躺下來。

我不曾怕過，從沒因氣喘而哭過，只有在打針很痛時才哭。

我好像只是一個媒介，這一切種種身體的病症，只有一個，唯一的目的，那就是為了要折騰父母。

父親說話時緊張的口氣，匆忙的腳步聲，拿皮夾，零錢，鑰匙的叮叮聲，母親頻頻摸我的額頭的手的觸感，時時幫我調整背後的枕頭，遞衛生紙給我……

這些，都在我的腦海裡。

我還記得有一次莫名其妙的，將母親放進我嘴裡的體溫計咬破，碎玻璃和水銀弄得我嘴裡和地板都是，我並沒有受傷或吞了水銀及玻璃碎片，但是卻又弄得母親忙得不可開交，驚嚇過度。

那時候就是這樣，生活是由許多「莫名其妙」發生的事所組合。

有的不過是弄得全家人仰馬翻，或當成飯後閒談的笑料；但嚴重的時候，也造成受傷及流血事件的發生。

那支體溫計被我含在嘴裡簡直不只上百次了，我也絕對不是不懂事，卻決定在某一天，似乎無意識地，將它咬碎，為接下來的故事開了個序幕。

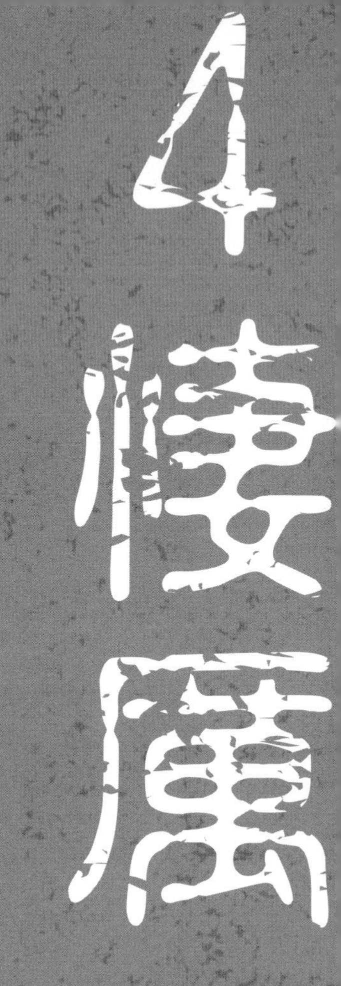
4
悽厲

是從什麼時候開始，讓我們大家覺得十三號不對勁呢？

那是從一連串的聲音開始的。

之前提過我們家的房子是木造地板，地板下是中空，我們常愛在通風口吹涼風。有一天下午，父親正在午睡，我和妹妹又跑到前院的通風口，正向裡面探頭探腦時，突然聽到一陣細微的哭聲，我馬上回頭看妹妹，我以為她哭了，沒想到她也正盯著我，滿臉的疑惑。

這哭聲就在耳邊，也像是從通風口傳出。等我長大後讀了金庸的小說，讀到《天龍八部》裡，天下第一大惡人段延慶以「傳音入密」的上乘內功，將話送入虛竹耳中，教他下棋的那段，說道「細細的聲音鑽入耳中」……

這「鑽入」二字實在是貼切的形容。

那天下午的哭聲就是「鑽入」了妹妹和我的耳朵內。

我們知道聲音就在身邊，可是又極遙遠。

那哭聲，不是普通的哭泣，是碎了心般的慘哭，音拉得很長，不像我們平常哭時，總是脆脆段段，隨時得喘口氣，吸個鼻涕什麼的。

我們呆呆的聽著，也不敢動，也說不出話來。過了幾分鐘，一切歸於安靜，只剩冷風從通風口吹出的聲音。我們以為沒事了，沒想到事隔幾天，二姐在後院被一個聲音驚嚇得全身起雞皮疙瘩。

也是在大白天，二姐正經過後院。

二姐那天心血來潮，正想從後門溜出去，卻在剛跨出門後時，突然聽到一陣淒厲的嚎哭。她說她當時是凍住了，沒聽過這麼可怕的哭聲。聲音就在她耳邊，也像是鑽入耳道，偏偏要讓她聽到似的。二姐試著跨出兩步後想看看聲音是否從隔壁鄰居傳來，但她一走出我們家後門，聲音便消失了，一踏回後院，聲音又傳入耳朵。也就是說，聲音是從我們家發出來的。

這兩次的哭聲讓我們姊妹聊起時心裡都發了毛。

不過，小孩子總是對於該記得的事情忘得特別快，卻記得非常久，然後不該想起來的時候突然想到。

沒隔多久，我們照樣蹲在通風口前吹涼風，照樣背著父母親，往無人的暗巷裡鑽，好玩的本性戰勝短暫的不安。當然，接下來，聽到的聲音換成不一樣的，多到我們習以為常。

5 門鈴

十三號的房子設計得其實不是很好。

房子呈長方型，分左右兩邊，談不上隔間，也很難做空間上的變化，唯一覺得特別的是之前提過的前後院和空心木地板。這種房子與建材，在冬天時，雖然窩在屋內還是感覺很冷，還是得全副武裝，毛衣圍巾樣樣不能少。但是到了夏天，卻是非常的涼爽舒適，只要躺在地板上，開個小電扇，甚至不用電扇，就會覺得清涼，好像這種房子是留不住陽光的，一年四季獨留著秋末的溫度。

到了颱風季，老舊的屋瓦頂不住外頭的狂風驟雨，母親會拿出一些鍋子水桶，放在幾個固定漏水的地方，接屋裡的小雨滴，我們聽著室內雨水滴滴答答的聲音，覺得頂有趣的。大雨過後，成群的白蟻則大舉入侵，它們在日光燈下胡亂飛翔，我們手一揮，只見薄翅飄落，蟻身在地板上蠕動。也因為漏水，母親得不時擦洗地板。我常常午夜醒來，看著母親的身影還未歇息。

若遇停電，父親拿小碟子裝淺淺的沙拉油，用棉線搓幾條細繩浸在油裡，做成油燈。長大後，白蟻的亮薄羽翼有時會突然出現在微涼的清晨，在夢中乍明旋滅，讓我想著父親和母親。

我們對這樣的日子充滿感情，因為生活是由父母用肩膀撐起來的。

在屋內的水滴聲中，在微香的燈影裡，我們看到的是父母巨大的身影。

十三號裡的「他們」，再怎麼攪和我們的生活，都擾亂不了我們一家人凝聚在一起的心。

杭州南路這一大片社區安居了數百戶居民，那時家家戶戶前後門多是敞開著，簡直就是大同世界裡夜不閉戶的昇平景象。我們如果想找別家小朋友玩時，就在他們家的大門前多晃幾下，了不起喊幾聲名字，總會有人出來招呼。

「門鈴」幾乎是拿來當裝飾品用的。

回到家，十三號永遠是陰暗涼爽。

我們家白天幾乎不開燈，為了省電，再加上好像我們這些孩子們白天都不會待在家裡的，永遠都在外面玩。父親大部分時間都在前院工作或外出，母親則多在後面的廚房。

有一天，當我回到家，書包一丟，正準備跑出去玩，卻聽到門鈴響了。

「小三，妳去看看是誰？」

母親一邊對著我說，一邊在廚房忙碌著。

印象中，母親永遠沒有休息的時候，隨時得張羅父親和四個孩子的三餐，是真正的三餐，完全沒有外食的日子，所有的麵條水餃皮饅頭肉粽香腸麵疙瘩，甚至西點蛋糕、麵茶、豆漿、米漿、果汁等等，全是母親自己親手做的。加上那是一個

「純手工」的年代，洗衣、縫衣、補衣，樣樣自己來，我們偶而也會幫忙母親，但是大部分的時候卻只是努力的玩。和大部分的小孩一樣，一塊兒玩到太陽下山，等到成群的蝙蝠在路燈下振著薄翅，捕捉飛蛾蟲蚊，每家的孩子被叫喚回去吃晚餐時，十八巷才又歸於平靜。

我聽著母親的話往門口走去，大門是敞開的，並沒有看到任何人，倒是三三兩兩放學的鄰居孩子們經過我們家。我瞪視著他們，莫非是這些臭小子亂按我家門鈴，就像我也會亂按別家門鈴一樣，尤其是公寓的門鈴。從東門國小放學的路上會經過幾棟公寓，我和同學們常常按了一整排門鈴後趕快跑，覺得很刺激。我相信那些住戶早就習慣放學時間門鈴響時，可以不用理睬這些皮小孩的惡作劇。

我走出兩步，往隔壁巷子瞧，也沒半個人影兒。

這時妹妹也回家了，我叫她進去時順便告訴母親，沒有人找。就在她進去後，我站在門口看著路過的其他小孩們時，我卻聽到門鈴聲又響了，聲音是從我們家房子內清清楚楚的傳出，並不是別家的鈴聲響。

妹妹邊罵邊跑出來，說著：

「媽叫妳不要亂按門鈴啦！」

我沒有回答，不可思議地看著眼前的景象。

沒有人，我的面前沒有半個人。

妹妹走到我身邊，拉著我的手，我正想說句話時，門鈴聲又響了。

門鈴再度自動響。

在我面前。

我甩開妹妹的手，「啊」的一聲，嚇得衝了出去。

只聽到妹妹在後面喊著：

「姊要去哪？媽在叫妳！」

我往著市場的方向跑了，總之，只想逃開眼前的景象。

十八巷是一條寬廣的巷道，當年來往車輛並不多，因此整條馬路就等同我們大家的遊樂場、大前院和操場。等到中正紀念堂開始動工至完工，我們還多了個碩大的後花園。紀念堂完工後，我甚至放學回家將書包一丟，跑去紀念堂上廁所。剛蓋好的廁所又大又乾淨，當時覺得很新奇。而且半個人都沒有，簡直像是我們的私人廁所。所以我不只是看著中正紀念堂一磚一瓦的長大，我也是使用它的廁所長大的。

我們常常在十八巷的馬路上用粉筆畫上「跳格子」、「過五關」、各式各樣的圈圈及方格，配合各式各樣的遊戲，或者就是亂畫一通。有時候沒有粉筆，便到處找碎磚塊，也可以在地上畫出紅色的圖案，沒人管，沒人罵，因為只要一陣大雨，就可以將路面沖刷得乾乾淨淨。

玩跳高時，我們用橡皮筋串成的長繩圈可以從左戶人家拉到右戶人家，橫跨整條巷道，同時讓十幾個孩子跳過去。偶有車輛經過，看到許多孩子在巷道玩，在很遠的地方就會放慢車速，我們發一聲喊，在橡皮圈兩頭拉繩的小朋友同時將繩圈往地上一放，讓車子緩慢壓過，完全未影響我們玩的興頭。當我們有時候找不到玩伴或是什麼也不想玩時，便往菜市場走去。

菜市場的其中一端入口，從我家這頭的巷子算起，應該在十八巷前三分之一的位置，彎進另一條巷道就進入熱鬧的市場，以小孩子的步伐走路約三分鐘就到了。這菜市場是十八巷裡最迷人的地方。一跨進去，立刻被各式聲響及氣味給吸引住了。煮麵的攤位冒著蒸氣，飄著菜香。各攤販的么喝聲、採買用物的婆婆媽媽們話家常的聲音、雞啼聲、腳踏車煞車的聲音、小孩子們的哭鬧聲或走路的聲音等等，結合成震動天地似的立體環繞音樂。在孩子的眼裡，這簡直像是在觀看一齣年度大戲。

幸運的是，大戲日日上演，卻又絕對不重複。

免費觀看，還附贈華麗的記憶。

市場也連結了各巷弄和住家，像極一座迷宮。我們鑽來鑽去，轉過一個橫弄的牆角可能就看到一株老樹立在一戶斑駁的木門旁，虛掩的門透著院落，四周又有好幾戶人家。跑來跑去，一轉身，可能就到了同學家的後門。穿過後門直往前頭奔去，出來又是另一副光景。

竹籠裡的雞隻最清楚我們的企圖，因為每次遊走在市場裡，踩著大人的影子時，我的高度總會剛好對到牠們。在沒有被人類的巨掌拎起前，牠們靜靜地守著命運，用包容的眼神看著我們這些鎮日在牠們前後左右遊走的孩子們。

我很喜歡市場裡一家小玩具店，陰暗的店面，深棕色的木門，卻有一個明亮的玻璃櫃，裡頭放了幾個塑料洋娃娃，大疊的彩色紙娃娃，木頭原色的陀螺和藍色小汽車等。妹妹和我常常蹲在櫃子前面指指點點，金髮大眼的洋娃娃好像在對我微笑，只要看看她們就能使我非常開心。

物質匱乏的年代，孩子們總是輕易的找到讓精神滿足的方式。

被鈴聲嚇到的我，卻不知道逃開後不過是準備迎接下一個故事。

6 紙娃娃

話說那天我在菜市場晃了許久，突然被玩具店新放上去的紙娃娃吸引住了。好像是當時我們很喜歡的「寶馬王子」的圖案。精美的人物，配著可以更換的各種衣服、褲子、皮包、公主裝等，每套衣服都畫滿了珠寶或花朵的線條，五彩繽紛，像魔法師的聚寶盒，有著讓人無法抗拒的魅力。

我呆看了半天，決定回家拿錢來買。再跑回家，早將門鈴的怪事拋在腦後。妹妹自己在客廳玩，看我匆忙拿了銅板又跑出去，一路跟著。

那個時代，我們常常跑出去玩，好像也沒有什麼需要報備的。父母親都忙，左右鄰舍反正也都認識，只要能夠注意時間，該做的功課要完成，該吃飯時要回家，我們幾乎可以安排自己整天的活動行程。

妹妹跟著我到市場，一路也沒多話，拿銅板出門鐵定有好處，不是吃零嘴，就是買很便宜的小玩具。雖然在我們家要找到銅板並不難，因為父親常將一些零錢放在他的辦公桌上，但我們極少亂花錢，總是小心翼翼，真的是忍不住了才會買東西。最常買的排行榜前四名依次是巷口的四果冰，市場內的米粉湯，阿公店的白雪公主泡泡口香糖，還有乖乖。乖乖那時附贈的小玩具很有意思。

妹妹看我將寶馬王子的紙娃娃買回家，我們一起仔細拆開，玩得非常高興。當時我並不知道接下來會發生的事，沒幾個星期後，我就迫不及待的將紙娃娃送給鄰居了。

那時候不知道是班上同學還是鄰居孩子誰先說起，說紙娃娃會半夜起來走路的事。我一開始並不以為意，聽過也就算了。但是，沒幾天後，我卻發現有點兒不對勁了。

每次放好的紙娃娃，隔天一定變了位置。例如，本來放在第一格的抽屜，隔天卻變成在第三格；或本來放在妹妹的書桌上，隔天卻又跑到姊姊的抽屜裡。

其實，一開始總會先責罵姊妹們，是誰亂拿紙娃娃的，當然得到的都是否定的答案。那時候，家裡已發生過好幾次怪事情，聽到許多的怪聲音，實在沒有理由再找事情嚇自己的家人。

我想，這就好像家裡是製作萬聖節搞怪道具的工廠。住在這種工廠裡，你不會無聊到沒事拿著塗著紅漆的斷手臂，放在自家人的桌子底下。或是藏一隻大如手掌的黑蜘蛛在別人的抽屜裡。更不會在半夜帶著眼球會掉出來的眼鏡起床上廁所，無意間看到了鏡子裡的自己，尖聲驚叫。

我們知道，我們就是不會這麼做。

每晚睡前我檢查紙娃娃的位置，確定我是最後一個上床了，關了燈。早上第一個跳起來看，它們又不見了，它們又換了位置。

連續幾次後，我將它們送給鄰居。

這倒不是缺德，真的，因為我心底知道，寶馬王子是無辜的。深夜裡的寶馬王子及衣服鞋子們並沒有站起來走路，或是自己更換位置。而是「他們」。

「他們」利用夜晚的時間，做了我們肉眼看不到的事。自動的門鈴聲，變換位置的紙娃娃，像生活中的遊戲，是即興的幻想，也是計畫好的作品。

「他們」吸引了我們的注意力，點綴了我們平凡的日子。我們在黑白的交界與「他們」相接。

雖然，許多時候，事情進行得並不好玩或造成部分傷害，但是不可否認的，年長後，驀然回首時，發現許多記憶深刻的事，總是會帶著點傷痕。

7 火災

即使事隔近四十年了，母親說起這事件仍然心有餘悸。如果此事真的發生至不可收拾，我們一家便全毀了，不但自己毀了，也會毀了許多的家庭。

事件發生在我們才搬至十八巷十三號不到一個月的時間。

有一天早上，父親八點多就出門了。母親懷裡抱著我妹妹，當時她兩歲多，時時刻刻黏著我的母親，黏到只要一離手便大聲哭喊的程度。有時候母親上市場買東西沒有帶著她，母親走到市場的巷口時還可以聽到妹妹宏亮的哭聲。

那天父親前腳才跨出門，母親立刻將門關好，從信箱拿了報紙。平時如果父親不在家，母親忙裡偷閒，總會利用早上的空檔讀些新聞。

但是那天不一樣，當母親一拿起報紙時，突然泛起一個不祥的念頭，她不清楚為什麼當時的反應是如此，母親覺得非常不對勁，她以百米衝刺般的速度衝進房內，她馬上注意到我們的房間門是關著，她立刻扭轉門把，沒想到門竟然是鎖著。她大聲喊叫，非常生氣的命令我們馬上開門。

我四歲，二姐六歲，大姊七歲，我們三個躲在房間裡面，不知道在玩甚麼。母親說，這是從來不曾發生過的事。

我們姊妹們一向很乖，彼此間雖然常常吵架或打架，但是很聽母親的話。平時告誡再三的事，別說不敢做，我們碰也不敢碰，更別說鎖門了。以我們的年紀，母親說我們如果要鎖門，得爬上椅子才做得到。那天我們真是吃了熊心豹子膽，不但關上門，還居然將門給反鎖了。

母親放下妹妹，用力打門，不停地怒喝著，幾秒鐘後，大姊搬了椅子站上去，將門鎖打開。母親馬上衝進來，看見我們三個小孩鐵青著臉，站在一旁。母親一邊喝問，一邊環視四周，突然聞到一股焦味。我們手指著床鋪底下，母親看了差點沒有當場昏倒，床鋪底下有根點著了的蠟燭、火柴盒，還有一團熊熊的火焰正燒著床鋪。

我們聽著母親的指示，拿臉盆幫忙提水澆火。這間房間連著後院，是最後一個房間，因此距離廚房的水槽並不遠，能有時間即時澆滅。還好這把火並沒有燒起來，否則後果不堪設想。

「真是恩主公保佑。」

我們家當時供奉的神位是恩主公。

這件恐怖的意外事件距離我們剛搬進來還沒有三十天，如果以父親突然無法動彈和言語的那件事，當做是一個無法解釋的下馬威，母親說，我們莫名其妙玩火的行為便是正式的警告了。

雖然逃過此劫，但是在這片房舍被拆除之前，十八巷還經歷了兩次驚心動魄的大火警。而這兩次，一次從巷頭燒，一次從巷尾燒，我們都記得清清楚楚。還好都算逃過劫難。

第一個火災

第一次發生火災時，聽到半夜有人喊著：

「燒火厝了！燒火厝了！」

我們都被父母喚醒，醒來時外頭已經人聲鼎沸，火苗在我們這排單號的前面燒著，我們四個立刻被母親安置到對面鄰居家的門口，鄰居還拿了被子給我們披蓋著。我們看著大家衝進衝出搶救財物，火光從巷頭越燒越近，空氣中瀰漫著燒焦味，消防車的警鈴聲不絕於耳。木造房子一燒不可收拾，眼看就要燒到我們家隔壁了。我看到父親還要往屋裡衝，被消防人員阻擋，他硬是擺脫拉扯，衝了進去。過了一會兒，他抬著一個大抽屜出來，我知道那是父親辦公桌的抽屜，裡頭都是重要的文件、支票和印章等。我們姊妹們四個窩在一起，母親走過來將一個珠寶盒塞在我的手裡，吩咐我抱緊它。

大火熊熊地燃燒著，空氣中開始有了無奈和躁熱的味道，大人小孩都站著或坐著觀看，如果風勢再大，或如果火勢轉個方向，任何房子都逃不過這場災難。印象中，身邊的人們都很安靜，有著聽天由命的神情，母親站在我們身旁，嘴唇喃喃唸著佛號。

火，已經燒到我們家後面的巷弄中了。

突然，火勢似乎被控制住了。

消防人員開始集中往後院的方向前進，我不記得等了多久，似乎是在黎明前，我們回到自己的屋子內。這次火災真是將大家嚇壞了，我們的廚房後院，受點波及，父親花了幾天整修一番，尚屬不幸中的大幸。

這次逃過一劫，我們談火色變。從沒有想到火可以有如此強大的破壞力。黑夜中的火光有震攝人心的力量，那場大火讓我感到災害的可怕，不論是人為的或天然的災害，在它們面前，人們真是渺小得無計可施，除了害怕或敬畏，想不出可以做的事。

第二個火災

第二次大火發生在民國七十一年一月十九日農曆春節前。

我記得如此清楚是因為當時我已經讀金華女中二年級了，大火發生的地點在十八巷的尾端，臨愛國東路。火災發生後，我的小學同窗還寫了封緊急慰問信，想知道我們家情況如何。

一樣是在半夜，一樣聽到有人沿路喊叫通告大家。十八巷的人應該是全體總動員了。雖然大火燃燒的地點在我們家巷子的另一尾端，中間還有近百戶的距離，但是因為這次燃燒的面積相當廣泛，夜半中的沖天火焰，感覺卻非常的近。我們這端的鄰居們並沒搬動物品，但也是將貴重財物準備好放在門口了，萬一大火延燒過來，希望能有足夠的時間搶救及撤離。

第二次，距離十八巷的第一次火災已多年，火依舊讓人感到窒息。黑暗的巷道被火紅的焰光照得驚魂淒迷，我們都站在門口議論紛紛，火光閃耀在大家的面龐，動盪著，整條十八巷亮如白晝，可見當時的火勢有多大。

正當我們望著火光，隨時被突發的爆裂聲撞得心中砰砰亂跳時，住在市場附近的鄰居紀家女孩，她拿著一個鳥籠走向我們。她將家裡飼養了多年的鸚鵡暫託我們保護著，表示如果大火燒到她家，救人和財物都來不及了，可能無法顧到鸚鵡。這隻鳥只好交由我們照顧。我提著鳥籠，心裡說不出的滋味，好像在一個不幸的戰亂時代，上戰場前交託自己的兒女給親戚朋友似的，很難過，且傷感。其實我們家離她家不過十多戶，若大火真的燒過來了，恐怕我們也是自身難保。

近三十年前的火光中，我還記得她的名字，她們家就是我之前說過製作豬油的。是在那樣特殊的場合，出現這樣的特殊場景，受重託的感受也含著無限的信任。我突然覺得自己長大了些，懵懵懂懂的體會到江湖人物所謂「信義」的東西，一種偉大的感覺，雖然我們都還算是小孩子。

這場上了報紙頭條新聞的大火後來並沒有燒到巷頭來。隔日我們一群孩子往巷尾去探勘，才發現整片區域成了廢墟，這場祝融毀了上百戶民宅，想想真是令人害怕。一夜之間，所有的努力，多年的家當，付之一炬。我並不記得有沒有人傷亡，只記得空氣中的焦味持續了好幾周後才逐漸散去。

十八巷的「火」的經驗，除了自家燒了床鋪的第一次，再加上這兩次，使我至今仍看火色變。

我不喜歡烤肉，我討厭野炊，只要跟「火」沾點邊的，都讓我全身不自在。

當然在家中還是得煮飯燒菜，但是我永遠是神經繃緊的看著瓦斯爐的火苗，從不曾讓正在燒煮的食物離開我的視線。我也常常在出門後又立刻返家查看瓦斯是否闗妥，其實我明明知道都關好的，但是沒有辦法控制這簡直算是強迫性的行為。

我認為這兩次的「火燒十八巷」與「他們」雖然無關，但是經歷火災畢竟是非常恐怖的經驗，黑暗中的沖天火光和十八巷連結在一起，成為難忘的驚魂之夜。至於我們姐妹玩火的行為則是一齣鬧劇，目標明顯是要給母親驚嚇的，卻沒想到觸到母性的本能，她的直覺將一次可能發生的重大災害降到最低點。至於火災時，母親當時叫我保管的珠寶盒，後來變得空無一物。裡面原本有母親的陪嫁首飾和結婚時的黃金賀禮等，但是為了養家活口，在我們成長的過程中，在十八巷的那十年中，陸陸續續，一件一件的變賣掉了，連顆珠兒也沒有留下。

長大後，偶而母親會拿出收藏的銀樓飾盒，坐在沙發上，仔細看著，摸著這些有圓有方的小盒，其中也有許多精細的刺繡袋，龍鳳花紋美麗閃亮，不過這些物件都是空的。她會拿起其中一個空盒，問我是哪一家銀樓？我讀著盒面細小的字體，然後她好像在想像裡面原本的金飾模樣。然後對著空盒說：「這是妳阿嬤給的。」或者是「這條手鍊有個小鈴鐺，很漂亮。」

我會突然感到空盒子似乎散發著重量，沉沉的直達我的手掌心。

7 火災

8 被子

記憶中，每年十八巷的冬天都特別的冷，偏偏學校規定穿的卡其制服和藍夾克，完全沒有保暖的功用。母親怕我們著涼，總在制服內先套好一件長袖的保暖衛生衣，長褲內也是再塞進一件棉褲，放在我們的床頭邊。這樣一早起床可以直接先穿好衣服，免得起來時才找衣服穿，受了風寒。

其實，在很多時候，我們四個姊妹都是擠在一起睡的。家裡東西一向很多，房間常挪做其他用途。偶而我的外婆從嘉義來臺北住我們家，或是父親的學生也曾住過，最多的情況便是其中一個房間堆放了許多雜物。遇到這種情形，我們四個姊妹便睡在同一個房間。學校裡，如果有同學擁有自己的單人房間絕對是一件很了不得的事，可能為獨生子女，在那年代沒有兄弟姐妹是非常稀有的。如果不是獨生子女，那麼家境肯定是非常好。

我很難想像擁有自己一個人的房間會是什麼樣的情形？

躺在床上時要跟誰說話呢？

那麼大的空間該放些什麼東西？

我很慶幸有姐妹們相依相伴，躲在被窩裡說了很多學校的事情，彼此叫喚著起床讀書，也分享了所有的另類經驗。

這段時期的故事，有的時候是我們姊妹睡在一起時發生的，有的時候是分開時遇到的，完全不一定。反正我們都是在木地板上打地鋪，睡哪兒都很方便。而他們決定要讓誰碰到，也完全由不得我們做主。

我要說的這件事情是發生在一個寒冷的夜晚。

那天晚上睡覺前，母親照舊幫忙我們將制服準備好，我和妹妹將自己的制服和襪子，一併放在床頭邊。我們兩個各自分蓋三條被子。母親知道如果我們合蓋被子，半夜鐵定搶得亂七八糟。最裡層是小被子，中間一條毯子，最外層是條大被子。那時我們家沒有甚麼蠶絲被，羽絨被之類的保暖被褥，印象中雖然厚厚的被子蓋了三層，也得窩個十分鐘才有溫暖的感覺。

這一夜無夢，我睡得非常熟。

到了早晨，大家醒來時發現妹妹身上只蓋了條小被子，身子蜷縮在我的身邊，好像企圖從我身上取些暖意。她手腳都凍得冰冰的，我一邊叫醒她，一邊張望，看她將被子踢到哪兒去。等我發現眼前的奇景時，大聲將母親和姊姊們也叫來觀看。我們對著眼前的畫面感到又好氣，又好笑，妹妹糊里糊塗的揉著雙眼，也是一副不可置信的模樣。

只見妹妹失蹤的兩條被子，整整齊齊的靠在房間的牆壁，重點是，它們各自被捲成壽司型的長條狀，你可以將它們想像成是兩條細細長長，放大千百倍的香菸。我用香菸來比喻，是因為它們被捲得非常漂亮，如果是人工捲的，恐怕得五個人同時分秒不差的進行才能捲成這麼完美。不但完美，被子毯子像被整燙過，一絲皺褶也沒有。

我們一時還捨不得碰，一邊興奮的討論，邊穿上制服時，妹妹卻找不到她前晚準備好的襪子，我陪她翻了半天，就是沒個影兒。突然靈機一動，妹妹和我一起打開捲好的棉被，沒看到。再慢慢捲開毯子，捲開到最後時，妹妹的襪子竟在最中心點，像兩片平平整整燙過的葉子一樣，躺在毯子中央。

受凍了一夜的妹妹睜大了眼睛，哭笑不得。

我們都沒再說話，各忙各的，準備上學去了。

這些生活上的插曲好像與我們無關，又好像已經成為我們生活中的一部分。我們從來沒有想過這些是否出自於我們自家人的傑作。

因為，我們每一個人都漸漸的開始感受到有一個未知的世界就在我們的身邊。有聲音，有影像，有肢體上的接觸。

有感覺，有動作，和無時不在的一種詭異的氣氛。

曾經問母親，為什麼不搬家？

母親說那時家庭狀況不好，並不是想搬家就可以搬的。再加上父親正在努力衝刺事業，更換地址電話都不是件好事。何況我們從來都不曾和父親討論過這些怪事，除了幾件他親眼所見的，大部分發生的事件似乎都僅限於母親和我們姊妹間的經歷，我們也不知道父親的想法。以我們當時的年紀，除了乖乖唸書，大人間的事並沒有我們置喙的餘地，父親扮演著嚴父的角色也讓我們較少與他親近。反正有母親可以分享或分擔，何況多見幾次怪事也就見怪不怪了。

我們慢慢的視生活中的奇事為常事，帶著認命的色彩。

偶而也會因著這些事件而興奮，覺得平凡的我們，過的卻好像是不平凡的生活。

如果問這些事情對我們有甚麼影響？

我想，多了許多家人聚首時討論的話題罷。然而最辛苦的還是父親和母親，他們常常為我的身體健康擔心受怕，而且父親一直受頭痛的毛病所苦，我常常看他不停的吞服頭痛藥，躺在地板上時，眉頭深鎖著，抽屜裡也隨時放了好多止痛藥。我很小的時候就認識百服靈了，因為父親嚴重頭痛發作時，偶而會叫我幫他去西藥房買藥。一直到搬離杭州南路後，父親頭痛的毛病才漸漸好轉，包括我的氣喘也是。

還有家中其他成員受到的一些折磨，都是在不幸的邊緣中，轉了個彎似，未釀成大災，但也受了些許傷害。

不過當我們再次說起其中一些比較恐怖的經驗時，仍是心有餘悸。想到那幾次的狀況，讓我不得不覺得，如果當時我們能搬離十八巷十三號，也許我們每一個人的未來都會和現在有極大的不同。

8 被子

9
階梯

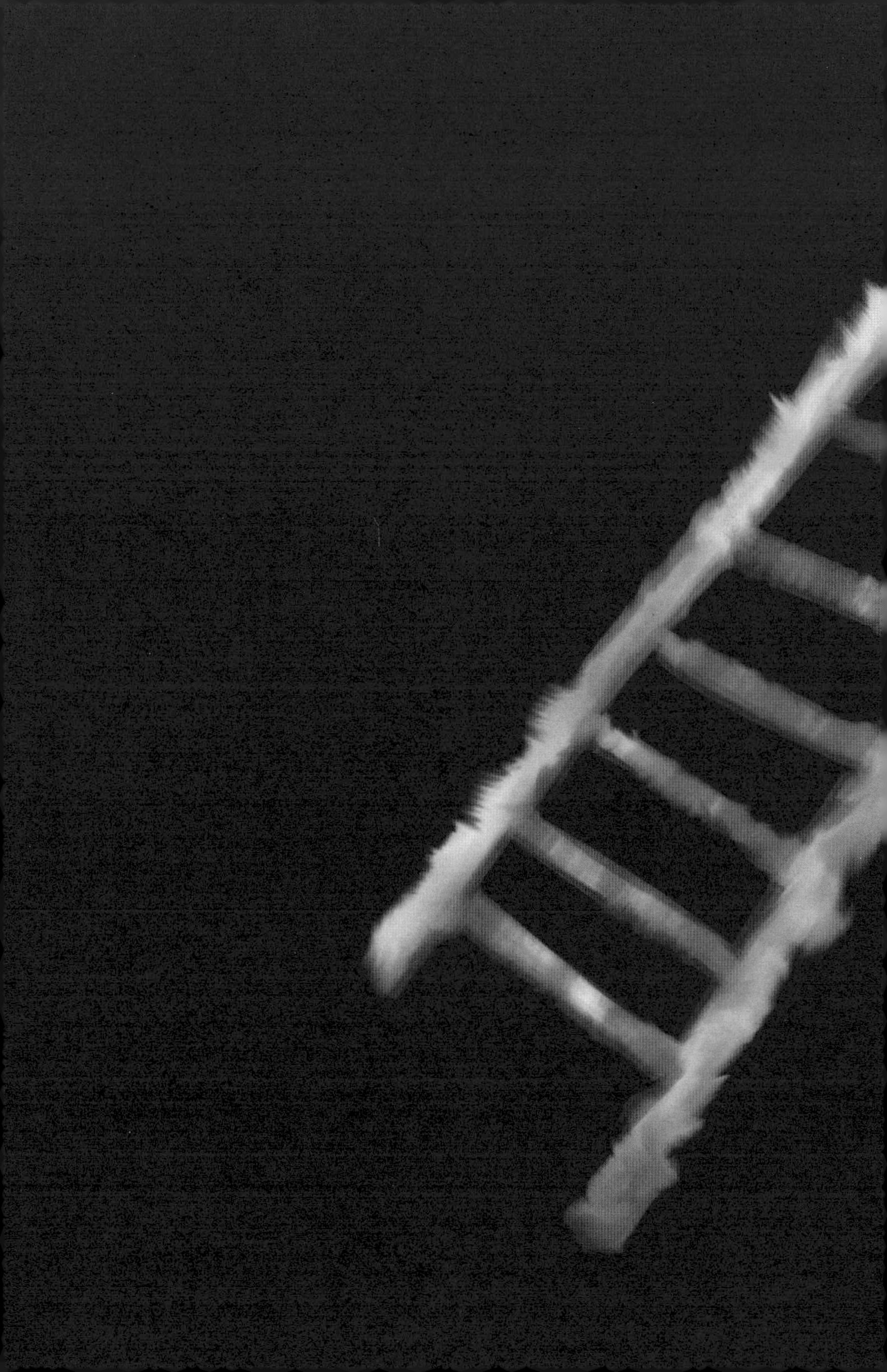

父親對於木工非常在行，我們的書桌、書櫃、閣樓的樓梯等，很多都是父親親手做的。搬進十八巷幾年後，因為我們漸漸長大，東西似乎越來越多，光是衣物類，兩個小櫥櫃幾乎擺不下我們家四個孩子春夏秋冬的各式衣服。再加上墊褥、床被等，一到夏天得收起來的物品，更是沒地方可放。

於是，有一年夏天，父親請了木工師傅在第二個房間上加蓋了一層小閣樓，等於裝了類似輕鋼架的天花板，只不過這天花板很厚實，可以在上面活動。但是這閣樓非常低矮，登上閣樓後，在上面時得用爬行的姿勢，半蹲時會剛好頂到頭。閣樓的主要用途是當儲藏室。但是剛蓋好時，我們姊妹們覺得非常新鮮有趣，央求父親讓我們睡在閣樓，父親也允許了。我們在上面待了好一陣子。天花板的日光燈就在我們的頭頂，很亮，我們便常常在睡前躺著看書，近視加散光恐怕也是在那段時間得到的。大概後來嫌坐起時，總是要低矮身子爬行，所以等新鮮度消失後，我們又都搬回到樓下。

父親為這個閣樓做了一個階梯，我記得約八級。非常厚重結實的階梯，要搬動它並不容易。平時這個階梯靠著閣樓口放著，階梯底部剛好卡在父母親房間和我們房間中間推門的軌道上，穩如泰山。但是因為剛好擋在兩個房間的通路上，白天的時候，父親有時會將樓梯放在他的辦公室，斜靠著牆面。

那一天，我在客廳閒晃，走到辦公室門口，當時父親背對著我，他正從窗戶看向前院。我記得那時前院有些木工師傅在工作，父親接了幾個設計的案子，他常常站在窗口的位置看著工作進行的狀況。我正要離開時，卻突然看到一個可怕的景象。

樓梯在移動。

斜倚靠在牆壁的樓梯自己在移動。

沒有地震，沒有人在旁邊推，這個樓梯緩緩的從斜靠的四十五度角，變成直立的九十度角。

想到當時的畫面，我的心仍會感到害怕。

樓梯靠的牆面在窗戶的另一端，也就是剛好在父親所站立的位置的正後方。這個樓梯原本以四十五度的角度斜靠著牆壁，如果滑動，也應該是順著四十五度的角度順勢滑倒下去，而且速度會很快。然而讓我驚恐的是，樓梯卻是以反方向的角度，先站直立了，再往父親的位置倒過去。因為是反方向，它緩慢的移動，像是有甚麼看不見的東西將它推往另一個方向。

我看著眼前的景象，嚇得用盡全身的力氣大叫：

「爸！」

父親一聽到我的喊聲，立刻回頭，因為轉身的這一個動作，父親和他原來所站的位置差了半步的距離，就在此時，樓梯轟然倒下，在父親鼻樑前劃過，只差幾公分就會擊中父親的頭了。

這重大的撞擊聲吸引了大家的關切，每個人都跑過來看，只見父親將梯子扶正，斜靠回牆壁放好，確定它不會再滑動。當時我吶吶無法言語。

「還好沒事！」

母親叨念完，繼續回到廚房忙碌，姊妹們，玩的繼續玩，寫功課的繼續寫功課。當晚我才將日間所見告訴母親，母親說：

「還好神明保佑。」

她領著我至恩主公神位及董家列祖列先前跪拜祈求，祈求上天保佑一切能逢凶化吉。

我知道是這些經歷使我不得不相信，冥冥中似乎有一股正性的力量，領著我們一家大小在這棟不得不居住的十三號房子裡，好幾次從危險邊緣中擦身而過。也是一股看不見的力量，將我們往安全的方向推去，而不至於受到嚴重的傷害。

不過，等我們長大後說起這個樓梯時，妹妹卻語出驚人之語。她說也是在父親的辦公室時，她被倒下來的樓梯擊中頭部，痛得暈過去，好像還昏了幾分鐘才醒來。醒轉後她覺得很害怕，但是奇怪的是，頭部沒有破皮流血的，也沒腫個大包，所以她沒有告訴任何人。

然而，被那厚重的樓梯擊中，不會只是爬起來就沒事的。

是否力道被調整過了？

還是「他們」喜歡在邊緣間行事？

或是「他們」施做的力量是有權限範圍的，或是不被允許的？

我想小孩子就是這樣，常常做了一些事，或看到、碰到一些事，總是將它們藏在心底，倒也不是因為怕說出來會被罵。以我們對父母的瞭解，對他們說這些事並不會怎麼樣。

只是，說了又如何？

六零七零年代是辛苦的年代。

對我們的父母親而言，每一天都是從早忙到晚，生活的重擔壓在他們的肩膀上，眉宇間，孩子們真的是一天天，一個個，被他們用血汗拉拔長大的。潛意識中，也許我們都盡量不想再去增添他們的煩惱，我們談不上是孝順的乖孩子，只是能自己解決的事又何必嚷嚷呢。何況，沒有什麼必需去「解決」的事啊。

我瞭解妹妹發生了這麼大的意外，當時為什麼不說的理由。就像是我當時並沒有對父親說起那支自己會移動的木梯子一樣。

那是一種害怕，或是憂懼，雖然不是很巨大，沒有對生活產生實際負面的影響。但是它們慢慢的，在我們心底有了一個黑暗的角落足供藏身。

一點一滴的，時光與記憶重疊。

隨著我們的成長，劇碼也開始轉變。

當我們準備好了的時候，角落裡的故事就會隨時浮現。

讓我們對世間事有了另一種異於他人的解釋。

10 聲音

我們陸續升上國中後，晚睡的機率增加許多，妹妹還在讀小學，並沒有加入我們的行列。我並不是特別用功，學校功課也只是勉強應付罷了，但是作業的確增加不少，加上動不動就大考小考，熬夜變成理所當然的事。有時和姊姊一起熬夜，更多的時候，大家都是不同的睡眠時間。有時我先上床，睡到晚上十點才起床讀書，有時候則是姊姊們先睡。那時候我的生理時鐘亂七八糟，該睡時不睡，該起床時爬不起來，怪不得書也沒讀好，白天在學校上課更是經常打瞌睡。

夜晚，對青春期的我們具有神祕的魅力。

靜夜裡聽著「天南廣播電臺」藍青的節目是一大享受。他的聲音對年輕的女孩子們，真的是充滿磁性，而且他說話的方式非常自然，好像是老朋友，熱心地陪著我們這些年輕學子熬夜讀書。他也讓聽眾點歌，深夜中知道有這麼多人一起聽著「歡樂今宵」，一起奮戰，覺得夜晚變得毫不孤獨。收音機播放著動聽的流行歌曲，更增加了熬夜的愉悅氣氛。

夜晚，是自由與浪漫的美麗化身，是可以偷偷想念著異性友人而又不至太過愧疚的時刻。我總是只讀一會兒教科書，便開始整理抽屜，拿出信紙，寫沒幾句話，又開始翻讀小說，漫畫或者看看從前寫的日記等等。東摸摸，西摸摸，幾個鐘點就過去了。

當然，夜晚，也是許多怪事發生的最佳時機。

怪事的發生通常都是在我們姊妹們分別熬夜的時候，極少出現在兩人同時在場。雖然我們早就對怪事習以為常，但說心裡沒有一點兒的害怕，卻非盡然。尤其到了晚上，靜夜裡，任何聲響都異常清晰，常常讓我們不自覺的將收音機的聲音調大，以壯膽子。

我們家的浴室和廁所在廚房的後面，也就是在房子的最尾端，要上廁所得下一格水泥階梯，經過黑暗的廚房，廚房的左手邊是黑暗的後院，過了廚房才到得了廁所。也就是說從客廳書桌走到廁所，得經過重重的黑暗。雖然可以開燈，但是站在黑暗的面前，等待燈亮的那一刻，那幾秒鐘，在深夜裡就是無法忍受。尤其在我們經歷了大大小小的異事後，我們知道某些時間，某些區塊，最好是不要去碰觸，可以感覺得到這些地方變成了另一塊空間，而這空間在那個時候是不屬於我們的。而且，總會有一種擔心，擔心燈亮的那一刻會不會出現什麼不該看到的東西，我可不希望在半夜驚聲尖叫啊。

在大白天的時候，這前後其實不超過五步的距離當然是近在咫尺，母親常在廚房煮飯，在浴室洗衣服，在後院曬衣服，我們要去洗手間自然毫無問題。但是一旦黑夜降臨，後面的這塊區域就變成了禁地似的，誰也不敢去。母親為了解決這個難題，只好準備個夜壺放在房間裡讓我們緊急狀況時使用。

說來慚愧，都這麼大了還用夜壺，說出去準笑掉人家大牙，所以這一直是我們幾個姊妹們的祕密，彼此心照不宣，守口如瓶。

但是沒辦法，十三號可不是一棟普通的屋子呀！

每到夜深人靜的時候，如果我們都在裡面睡覺，就會聽到外面客廳的桌子椅子開始移動的聲音。我們家的木頭地板是整片連在一起，地板底下是空的，而且我們都睡在地板上，所以裡裡外外走動的聲音都可以聽得非常清楚。

我們知道所謂「熱漲冷縮」的道理，有些家具因為冷熱溫度的不同，偶也會發出聲響，這我們是清楚的。

但是我所說的「聲音」，是真正「移動」的聲音。是椅子從這頭挪至另一端的聲音，是桌子被拖拉的聲音，近似喀啦的聲響。有時配合著腳步聲，好像一群忙碌的工作人員正在為舉辦舞會而布置會場似的。長大後我看了傑克尼克遜的一齣恐怖片，中文好像翻譯成「鬼店」，說的是一間鬧鬼的飯店。其中有一幕是夜晚時傑克循著樂聲人聲，來到宴會廳，他坐在吧臺看望四週熱鬧的情景，似夢非夢，其實，那些都不是真實的。

我看到那一幕就想起十八巷。

我想，如果當時我們鼓起勇氣，在外面客廳發出各式聲響時衝出去看，看到的會是什麼？該不會看到水晶燈光閃爍，音樂流洩，盛裝的男士女士們手捧酒杯，聊天說笑呢？

或是在我們衝出去看的那一瞬間，一切都會歸於平靜？

總之，他們在客廳忙碌搬動桌椅的聲音我們常常聽到，每個人都聽過，但是當我睜著大眼睛傾聽外面的聲響時，身邊的家人一定是熟睡的。或是姐姐聽到的時候，我們也都睡得香甜。也就是說，這種「他們」在客廳布置會場的聲音，絕對不會有兩個人同時聽見，是輪流的。時間可以持續數分鐘之久，直到再次入睡，但也沒有人因此而失眠。

這是從房間內聽到外面客廳的聲音。

但如果人是在客廳呢？就會聽到房間內的聲音。

多少個夜晚，我在外面客廳讀書，當我很想上廁所的時候，總是苦苦等著房間裡面的姊妹或父母親醒來。只要一聽到有人走路的聲音，我會立刻衝進房內，因為如果有人醒來，總算是個伴，可以一起去上廁所。別說家人都在房裡有甚麼好怕的，黑暗的房間只留盞黃燈泡，一個人的時候仍會害怕。

數不清多少次，當我聽到清楚的腳步聲在房間內前後走動時，衝進房內，卻是靜悄悄的，不但沒有人醒著，大家還睡得非常香甜。這種時候，靜夜中就會聽到自己心臟狂跳的砰砰聲。我說的腳步聲，是很清晰的，木頭地板會因重量發出伊呀的聲音。

然而，一切都好像是自己的幻想。

有些夜裡的聲音非常大聲和雜亂，有些夜裡只是單純的腳步聲或桌椅移動的聲音。不管是甚麼聲音，家人幾乎不會同時聽見，除了記憶中有一次恐怖的經驗是同時發生在母親和二姐的身上，我在後面會敘述。其他大部分的事件，好像我們背地裡在「他們」的世界中都有自己的編號，由「他們」決定今天該輪到誰參與似的。

我們都是在隔天早上和母親提起前夜裡的怪聲，次數多了之後，漸漸的明白，家中的每個成員都聽過這些聲音，除了父親，我們不知道他是否聽過，因為他從來不曾參與我們這種鬼話題，我們也從不曾問過他。

夜晚的怪聲是十三號生活的一部分，讓我們熟悉到如果有一陣子沒有聽到奇怪的聲音就會覺得很奇怪的程度。

好像「他們」都渡假去了，屋內暫時沒有「他們」和我們一起生活著。真的是達到了這樣的程度。

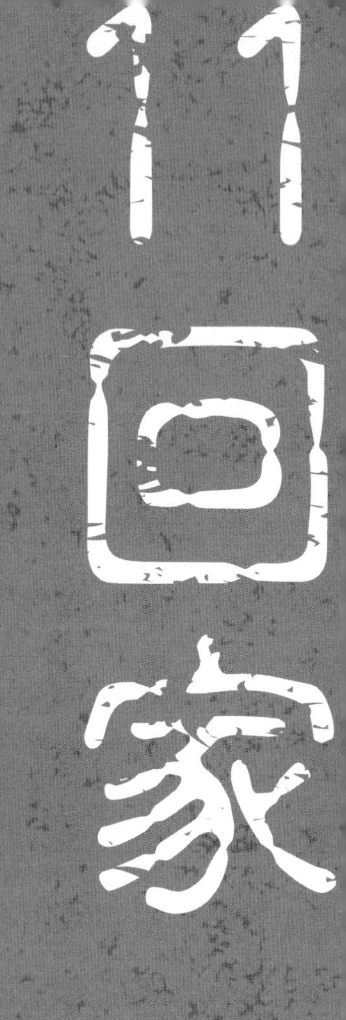
回家

凌晨十二點以後發生的故事說也說不完。

「白天不做虧心事，半夜不怕鬼敲門。」

從這句話去推測，我們的「半夜」就是他們的「白天」嗎？

他們大部分的活動是在我們的半夜舉行，所以他們是屬於黑夜的。而在白天發生的怪事，難不成屬於他們的夜貓族，也就是在他們的夜晚睡不著而決定出來活動的少數分子嗎？

又或許他們的世界其實沒有白天或黑夜？

然而我們常常在夜晚碰到他們的原因是什麼？是因為夜晚的人氣較弱，人間的噪音緩解。當我們靜下來的時候，眼耳鼻舌身意也會變得較為敏感，可以感知另一個世界的氣息嗎？

我們存在的宇宙到底有多寬廣？甚至仍在繼續擴張中呵！

只要想到這顆藍色的星球還有多少未能解開的祕密，即足以讓我們心存敬畏了。更別說太陽系，銀河系，百萬千萬光年遠的距離外，還有多少超乎我們想像的世界在進行。一度二度三度四度空間，加上蟲洞黑洞，黑暗的力量，黑暗的質數……種種學說，都使我感到自身的渺小。

我相信有許多我們無法解釋的事實是有其實際的意義或目的，雖然可能窮盡一生也不會明白，也永遠得不到科學上的證實，但是我不會否認這些事實的存在，或故意將它們製造成危言聳聽的謊言。

說書人陳述故事，聽書人可自在心底打上問號，如果這個問號帶來寬廣的心胸，對世界浮上新奇的觀感，讓想像馳騁，不再將「不可能」掛在嘴邊，那麼這些故事就有意義了。

接下來要從大姊聽到開門的聲音說起。

也是發生在夜晚，這次輪到大姊了。

當時她獨自一人在客廳的書桌前讀書時，突然從遙遠的距離傳來走路的腳步聲。六零七零年代的十八巷夜晚是寂滅無聲的，沒有二十四小時超商，大部分人都是日出而做，日落而息。偶有賣肉粽的小販，清軟的嗓音在夜裡聽起來很溫馨。我常常在想，什麼人會在深夜開門出去買肉粽吃呢？

其他夜歸的人，走在巷道的腳步聲很容易聽見，但是夜歸的人極少。當時大姊是先聽到模糊的聲音，她不以為意，繼續讀書。漸漸的腳步聲卻越來越近。這時候，她放下書本，站起來向大門的方向走了幾步，因為她覺得腳步聲音非常靠近我們家。

果然，腳步聲到了我們家門口時似乎便停住了。大姊再仔細聽了一下，有點懷疑是不是自己聽錯了，正想著，還好沒有聲音了，準備回座位時，聲音又響起了。

這聲音將大姊嚇得腿都發軟了，是開門的聲音。

開我們家門的聲音。

十三號是老式的日式房子。大門的鎖在開關時會發出清脆的喀啦聲響。我們家從裡面有一道長鎖，由一個把手將鐵條釦往另一片門的鐵環洞裡。細圓狀的鐵條還因為生鏽，移動時會因磨擦而產生刺耳的尖銳聲。

從大門進來是我們家的前院。

從前院到屋內會碰到第二道門。開門後，得走上一級階梯的高度進入屋內，也就是我們家的客廳。

這第二道門與日本和式屋的推門很類似，只不過厚重些，還裝了幾片小正方形的毛玻璃，這道門也上了鎖。家中有四個女孩，父母親對門戶安全總是特別注意，母親在睡前總會再三檢查，確定這兩道門的鎖都確實鎖上，她才能安心入睡。

當大姊聽到大門開門的聲響時已經手足無措，她想去叫醒父親，偏偏又動不了。這時開鎖開門的聲音已經非常清楚。奇怪的是，鎖釦都是由內鎖的，這開門的聲音卻是由裡面開啟，好像只是要製造聲響增加氣氛似的。或者其實是有他人在前院幫外面的人開門，好讓他進來。開門鎖的聲音很大，家人卻都沒有聽到。尤其父母的房間貼著前院，如果有任何聲響，他們應該是第一個該跳起來的。

然而，除了大姊，莫名其妙地全家人都睡的超級香甜。

第一道門開啟的聲音結束後，繼續有走路的腳步聲，腳步聲已經在前院，再來是開第二道門的聲音。大姐轉頭不敢往門鎖看，因為開始有鎖匙轉動的聲音，推門發出如被颱風吹時的震動聲，這時離大姊所站的位置已不超過五步的距離。就在大姊聽到推門要被推開的一剎那，突然間，她的雙腿竟然聽使喚了，她立刻拔腿往房間內衝去。

我們幾個姊妹每次碰到這種事，反應都是一樣的：

拔腿狂奔，鑽入被窩，緊閉雙眼。

大姊鑽入被窩後，外面的聲音竟然仍繼續著。她聽到腳步聲已經進入屋內，在客廳清清楚楚的走動著，發出我們都熟悉的走路聲。

木頭地板因著腳步的重量發出吱呀的聲響。

白天時因為環境中有各式的聲響，並不會引起我們的注意。到了安靜的晚上，我們家人走來走去的聲音可就清楚了，我們尤其認得父親的腳步聲，畢竟他是最具份量的。如果是夜深人靜的半夜，還可以從聲音判斷他走到哪個位置。

大姐聽到的腳步聲在客廳走來走去，聽著聽著後來她也睡著了。她沒有叫醒父母，沒有想到會不會是宵小入侵，她由經驗判斷知道並不是誰闖進來了。

看來這個腳步聲的主人只是回到自己的住處罷了。

12 對望

我們家是在十八巷十三號，之前說過，如果面對大門，右邊有一條小巷子，分開我們和隔壁十一號的鄰居，我已經忘記這是幾弄了。有一段時間，父親將我們的書桌移到客廳的右手邊，也就是說，當我們坐在書桌前時，眼前面對的便是隔壁的巷子。

窗戶是厚毛玻璃加木框窗櫺，窗櫺上好多處淡藍色的窗緣褪了漆，露出裡面棕色的木頭。窗戶是由滑動的軌道向左或向右推動，沒有窗簾的。

白天的時候，窗戶總是開著，隔著紗窗和鐵欄杆，我們可以清楚看到在巷子走動的人們，大多是小孩子，有的認識的，便向我們家裡面張望或找我們說話。但是從外面望進我們的客廳，通常都是很陰暗的，看不太清楚。一到傍晚，窗戶便關上，母親總會檢查中間的鎖鈕是否栓緊。

坐在窗戶邊的好處自然是光線稍微充足，白天勉強不需要開燈。事實上，我不記得在白天寫過功課。我們都是放學回家先出去玩再說，晚上才寫功課。一到晚上，窗戶都關緊了，坐在桌前透過毛玻璃，可以隱約看到窗前影子。偶有人影晃過，總會引起我的注意。還好的是，凌晨以後幾乎沒有人在外面走動，就算有晚歸的人們或賣肉粽的小販，也極少會走這條漆黑的小弄。他們幾乎都走正門的十八巷。

一樣是深夜，一樣是在準備考試的青澀年紀，桌前放滿各科的參考書，當然也少不了幾本漫畫，像《尼羅河的女兒》、《玉女情懷》和《惡魔的新娘》等這幾部漫畫書，都是我們在讀書時候必備的調劑品。我常常每解決一項功課時，便翻幾頁漫畫，或在紙上描繪幾筆漫畫裡的美麗少女，深邃明亮的烏瞳代表著充滿青春幻想的浪漫故事。我對於學生時期讀的教科書完全沒有印象，但是漫畫書的所有情節倒是記得非常清楚，連那些角色的名字也還記得，像是《玉女情懷》裡的伊查克和尤柳詩，或是《尼羅河的女兒》裡的伊茲密王子等等，不禁懷疑當時熬夜到底是讀了甚麼東西？

此外，我還經常將和同學通信的信件一封一封拿出來反覆閱讀到可以背起來的程度。現在回想，除了考試科目之外，其他的，都留在腦海裡了，尤其是那次的腳步聲，我永遠也不會忘記。

時間是在凌晨一點二十分，我記得很清楚是因為我已經準備要去睡覺了，特地看一眼時鐘。離開書桌前，我突然又想再看點漫畫，於是拿起《尼羅河的女兒》，一看又停不下來。沒想到當我看得正起勁時，一個遙遠的聲音吸引了我的注意力，讓我不得不放下凱羅爾和曼菲士。

我常常想著，為什麼許多奇異的聲音總是從遙遠的方向傳來？

如果是遙遠，又為何如此清晰？

你可以清楚的感受到距離，卻又同時像是在自己的身邊。

其實，在十三號住了幾年後，我們都可以感覺到有看不見的另一個世界在自己的周遭。但是也許是受到時間或是空間距離的影響，各種聲波總是像含著遠度及深度，給人似近又遠的空靈感受。但是不論聲音是從哪個方位傳來，不論從多遙遠的地方，它都可以正確無誤地鑽入你的耳朵。

好像雷達的座標已經鎖定對象了，剩下的動作只要按下開關即可。

那天晚上，我就是目標物。

我坐在書桌前，聽到了跳動的聲音。說是跳動的，因為步伐聲音厚重，並不是我們走路時一步接著一步的聲音。它是一個重步的聲音結束後，隔了兩三秒，才發出第二聲。我當時聽到這聲音時，腦海中立刻浮現這是當我們雙腳同時起跳的聲音。

說得可怕些，就像是出現在電影裡的僵屍，當它平舉雙臂，一步步前跳向人索命的畫面，那種跳動的腳步聲。

很遙遠卻非常清楚，聲音從微弱漸漸增強，感覺到距離似乎從數百公尺外慢慢的跳到我面前的巷弄了。我驚嚇到無法動彈，只能仔細地聽著聲音。當聲音到達巷弄時，我開始聽見自己快速的心跳，我等待著……

如果真的有人經過，從霧面玻璃可以隱約看到外面的人影。
我聽著「咚！咚！」的跳動腳步聲音，非常清楚的到達我的面前。
然後，一切安靜。
但是，我並沒有看到任何影子。
聲音在我的面前停止，也就是說，發出那個聲音的「人」，正停在我的正前方，隔著窗戶而已。
空氣似乎凝結了。
我全身僵硬，雖然極度想逃離現場，卻只能呆坐位置上，與眼前的「他」，隔著窗戶，面對面，什麼也沒看到，但是我感覺得到——「他」，就在我的面前。
聲音是很神奇的，當生活中充斥著各式聲響時，我們有時候並不會察覺到它們的存在，也不會去注意到它們帶給自己的反應。當萬籟俱寂，空氣中只剩下自己的呼吸聲時，我才感覺到它們如何成為生活中的一部分，我們如何仰賴這些聲音，過著熟悉的每一個日子。
長大後有幸在印度北方的高山上住了一個月，從小屋中可遙望喜馬拉雅山皚皚山峰，綿延不絕。在這樣的夜裡，真的是靜得所謂連一根針掉在地上都聽得見的程度。

第一夜我失眠了。

熟悉的人聲、車聲，或甚至幾聲蟲鳴，都消失在這世界上似的。

直到有一天夜裡，我感覺到連空氣流動的聲音似乎都停止，我不知道究竟是甚麼，但直覺告訴自己有什事情正在發生，因為那樣的靜，像是我在電視裡看到太空人在月球上漫步似的，連地心引力也快消失了。

我披上大衣，走到木門外，細白的雪花緩緩飄落，這是我生平看到的第一場雪。自此，有幾次旅遊的機會，只要是夜半開始飄雪，我都可以立刻清醒，感受到無可言喻的靜謐，望向窗外，果然大地一片雪白。那樣的靜，是平靜，心底很安穩，呼吸很平順。

然而「靜」，也不一定如字典上所解釋的安而不動。

一群科學家們在美國建造了世界上最安靜的房間，榮登金氏世界紀錄，因為此房間可以隔絕外界百分之九十九點九的聲音。但是人們能夠待在裡面最長的時間紀錄只有四十五分鐘。該實驗室的總裁Steven Orfield表示，人們很難長時間待在該無聲房裡，因為當人們處在無聲的環境中，我們的聽覺會去適應環境，越安靜的地方，我們聽到的聲音反而越多。像聽到自己的心跳聲，肺臟的呼吸聲，腸胃蠕動的聲音，最後自己成為所有聲音的來源。

曾經有一位試驗者說他聽到自己的血液在血管裡面流動的聲音。

此外，我們的平衡感也是靠聲音來維持的，失去了周遭的聲音，讓所有參加實驗的人員待在無聲房裡只要超過三十分鐘，甚至更短的時間，都一定得坐下來，無法保持平衡站立著。在那樣的情況下，恐怕是有聲勝無聲了。

十八巷的那一夜，就是出奇的靜。

不是平靜的無聲，而是寒與靜，寒到我全身起雞皮疙瘩，靜到連空氣也停止了流動。

我幾乎懷疑自己的呼吸聲也即將消失在這世界上。

事後回想，總是納悶，當時「他」站在那兒做什麼呢？

所謂僵屍是電視電影創造出來的劇情，「他們」竟然也都知道嗎？

不過，如果「他們」存在於我們的生活周遭，自然也會看到我們的節目吧？這些在電視電影中播放出來東西就成了「他們」的靈感來源。

然而，「他」一路僵屍般的跳到我的面前，只是為了要驚嚇一個半夜在書堆裡混時間的國中生嗎？

如果我沒有被嚇跑，接下來會發生什麼事呢？

「他」，會有進一步的招數嗎？

還是「他們」都清楚我們的底線，知道要安排什麼樣的節目，會達到什麼樣的預期效果？

而「他們」的底線又是什麼呢？

這些空間重疊的範圍有什麼限制？

驚嚇或傷害的程度標準是由誰來訂呢？

是誰在控制這些節目的尺度？

十年後，當我們全身而退的結束了十八巷十三號的日子，是因為冥冥中一直有我們看不到的神界，阻擋了戰線的擴大嗎？

還是「他們」一直在標準內行事，沒有讓事件等級升高至紅色的警戒線？

我曾經看過一齣有關外星生物的電視影集，劇中男主角的母親每天晚上都會站在窗前等著夜歸的孩子返家。當她看到兒子的身影出現在橋頭的另一端時，臉上泛起微笑，她會注視著他，一路看著他回到家。但是有一天意外發生了，她看著兒子走著走著，當他走到橋中央時，卻突然在他母親的眼前憑空消失。原來在那一天的那一秒鐘，時間發生了裂縫，她的兒子正巧跌落到另一個時空，一個我們毫無所悉的世界。

如果這是真實的故事，那麼發生在十三號的種種無法解釋的異事，又豈止是時間發生了裂痕而已。

「他們」能讓我們聽到聲音，讓我們感到「他們」的存在，看得到「他們」的力量和無時無刻進行的劇碼，挑戰著我們的信仰，但是在無形中亦增加了我們對生活的虔誠與敬意。

這塊時空交錯的區域，該會如何修復？

誰來修復？

我們與「他們」該如何達到和平共存的程度？

有可能和平共存嗎？

我不知道這對望的時間持續了多久，因為時間停止了。我只記得隔天早上又被父親唸了一頓，說我燈也沒關，桌上亂七八糟也不收，浪費了一夜的電……，而這種事情發生了很多次了，講也講不聽。

母親是知道的。

因為我們都會鉅細靡遺的告訴她這些奇事，而母親比我們都清楚，世間萬事沒有我們想得那麼單純。

13 耳光

雖然夜晚有千奇百怪的事情發生，但是我們晚睡的興致卻絲毫不減。內心深處總認為河水不犯井水，我們有自己的日子得過，也不曾做過虧心事，加上深信有神界保佑，「他們」犯不著，也不至於會與我們為難。

不過，偶有幾次比較恐怖的經驗會影響我們的膽量，只好取消熬夜的習慣。但是這樣情形總是維持不了多久。

夜晚對於進入青春期的我們真有說不出的魅力。

很多時候因為上了一整天的課，回到家吃完晚餐後，要繼續為隔天的考試或功課奮戰，實在是後繼無力了。我們常常得先睡個覺再起床熬夜。或早早睡覺，改為清晨四五點時起床讀書。

此外值得一提的是：我們四個女兒加上母親，極少被連續嚇兩次的，也就是說我們好像都有排隊抽號碼牌。不只是依順序，還會依個別情況，衡量被驚嚇的指數來安排次數。

如之前所說，好像我們每一個人都在「他們」的世界裡被編上號碼，所以會輪來輪去。剛剛被嚇到的人停止了熬夜，也不會立刻再碰到怪事。而上次被嚇到的人，膽子回來的差不多時，繼續晚睡，然後可能就又再度碰上了。

或是，如果被驚嚇的這一次指數破表，下一次再遇到「他們」的間隔會比較久。如果是小意思，那就連續幾次沒關係。這樣聽起來實在很不可思議，但的確是如此。

十三號不是一般普通的屋子，十三號的「他們」也不是普通的「他們」。

「他們」是有結構有組織的，要嚇人也有計畫，想來「他們」沒事做的時候，大概就在討論接下來的戲碼，導演指派誰來演出，誰來觀看。不知道「他們」有沒有意見不合的時候？例如指責對方嚇人手段太軟弱或太過份，或是爭吵著該輪誰出手之類的。反正看來「他們」有的是時間，也不怕我們會跑掉。

因此夜半的十三號常常有我們姊妹熬夜的身影，也常常有說不完的故事。母親碰到的怪事和我們姊妹的不太一樣，除了和我們共同都聽過怪聲音之外，其他的比較不像我們是直接的接觸。倒是母親經常夢魇，而且夢魇時間很長，我們都聽過母親在睡夢中發出驚恐的聲音，我們要用力搖她，將她喚醒。她被叫醒後驚魂未定，喘著氣，讓我們看了很無助，不知道該怎麼幫忙母親。可怕的是，她再回頭睡去，有時夢魇會持續干擾。在我印象中，母親很少能一覺到天亮。

有過夢魇經驗的人就會知道，在清醒與夢境重疊的時候，想要醒來卻無法醒來是很難受的，掙扎使力，耗盡精神，通常成功驚醒時總是疲憊不堪。另外母親還有三次恐怖破表的經驗，留待後面敘述。

我們都是在怪事發生隔日的一早將這些事情說給母親及姊妹們聽，所以每一個事件都有全部的證人幫忙記憶著。要知道除了我們幼兒階段的故事是由母親告訴我們的，其他所有的奇事都陸續發生在我們進了小學至國中的年紀了。我的日記本裡也記載了許多當時的點滴，長大後我們也會閒聊起這段難忘的日子，所以這一切可說是記憶猶新。

繼上回大姊被嚇到腿軟，也許只差一步就會見到不該見到的東西了。不過，「他們」似乎都會在緊要關頭，適度的讓我們有機會逃走。或是，「他們」會適度的在緊要關頭住手，免得真的破壞了這兩個世界間的平衡。

當然大姊在接下來的好幾天都早早上床，不敢熬夜。到了這種時候，就輪到別人了。

二姊也是夜貓子。距離大姐的「怪聲開門」事件沒有多久，有天晚上二姐坐在藤椅上背書，沒一會兒便睡著了。睡得正熟，突然她被賞了個耳光，使她整個人從藤椅上彈跳起來。

這個耳光，據二姊描述，雖然用力，但是完全不痛，臉也沒腫，也沒紅，沒有任何的痕跡，但是清清楚楚打在自己的左臉頰上，重點是：聲音非常大聲。她幾乎是被聲音嚇醒的。當時臉上還留有冰涼的觸感，這是我們全家唯一一次有人在肢體上與「他們」有接觸，存有感受。成年後我有一次夢魘的經驗，才終於瞭解那種肢體碰觸的感覺。

二姊被打耳光後，瞬間清醒，眼見四下無人，自己讀書睡著被打醒，似乎有著可笑的意味。她摸摸臉頰，定一定神，想著這耳光畢竟是要喚醒她，叫她起來讀書，她趕緊回到書桌前繼續努力。

隔天說起這事，母親笑說是奶奶遠從青島渡洋過來喚醒貪睡的孫女兒。

現在想想，我們可以將所有事件分級歸類，應該可以分成三個等級：

第一等級：恐怖腿軟級。

第二等級：寒毛直豎級

第三等級：惡作劇級。

「賞個耳光」應屬於惡作劇級罷了。

後來的另一樁事件，竟然是輪到我們全家一起面對，這可以說是絕無僅有的。如果二姐被賞耳光是一個經濟艙級的惡作劇，那麼我接下來要說的這一個惡作劇，其功力絕對是頭等艙級的。

14
圍爐

每遇上寒冷的冬季，一家人圍爐吃火鍋的時候，我們總會提起從前在十八巷吃火鍋那一次難忘的經驗，因為那是唯一的一次，我們全家人都在場親眼目睹的奇事，就連嚴肅的父親說起這件事時，臉上也會掛著笑容，因為這真的是一件可笑的事，好像是父母看著調皮的孩子做了件讓人哭笑不得的傻事，而孩子只是為了想要引起父母注意似的。

平常我們姊妹們各會幫忙母親分擔些許家事，尤其當我們陸續升上高年級及國中後，如果不是故意找藉口逃避，像是要準備模擬考或功課太多，大部分的時候，我們都會幫忙倒垃圾，收拾碗筷，摺衣服之類的，當然必需是在母親叫喚之下，要說我們是不是會主動幫忙呢？在那貪玩又懶散的年紀，倒是一點都談不上。

我記得那天知道晚上要吃火鍋時，真的好高興。

母親會準備火爐，父親負責燒炭。我最喜歡從洞裡窺看小火爐裡燒得透紅的煤炭，它們好像閃著紅光橘光的異形物，散發著無形的光波，在冷冷的冬天裡溫暖著大家的心。尤其母親總會準備好一鍋特地熬製的湯頭，和各式生菜和肉片。在那樣儉省過日子的年代，父母養育孩子們的艱難狀況下，吃火鍋的日子就像是一場豪華的盛宴，一家人圍著爐火填飽肚子，暖著我們這些孩子們的脾胃，我們可以完全忘記升學的壓力，而且絕對會興起相親相愛的感覺。

那天是晚上六點多，父親在他的辦公室忙著，我們都在寫功課。那段時間，輪到我負責的家事是準備餐桌及碗筷。當我聽到母親叫喚我準備晚餐時，我立刻在客廳的地板上舖了幾份報紙，只有吃火鍋時，我們是坐在地板上，因為桌子不夠放食物。然後母親將父親生好的爐火從廚房端出來放在地上，再取了鍋子放在爐子上。我打開鍋蓋，一陣撲鼻清香。母親知道我最愛白蘿蔔湯，火鍋的湯頭總是少不了白蘿蔔。

我蓋好鍋蓋，起身至廚房拿碗筷，回到客廳，將筷子排好六雙，放幾支大小湯匙，再開始添飯。我添飯的時候，一邊看著母親陸續拿來幾盤菜肉放在地板的報紙上，還有一碗沾醬。沾醬是醬油、青蔥和沙茶醬的混合，放在寬口平底的碗碟裡。

我還記得這碗碟的形狀顏色。

內裡是白色，外圍暗紅，呈圓柱形狀，深度約一般飯碗的三分之二，口寬和飯碗相當，是美耐皿材質。我看到母親將它放在大湯匙的旁邊。等我添完六碗飯，便叫喚家人用餐，母親這時也脫下圍裙，準備在地板上坐下來。

我們開始拿起飯碗，父親拿著筷子準備將眼前的菜餚，往鍋子裡放。

這時，大姊說話了：

「媽，醬油呢？」

經大姊一問，我們也在報紙上掃視一番，不知道是不是被鍋子盤子擋住了沒看見。偏偏眼前連個影兒也沒瞧見。

母親起身至廚房查看，回來空著手說：

「奇怪，我明明拿上來了。」

我也幫著母親說：

「我明明有看到媽端上來了呀！」

當父親打開鍋蓋的剎那，準備夾菜進鍋時，我們大家都傻眼了，就連父親一手拿著鍋蓋，也是僵在那兒。

只見我們遍尋不著的沾醬，竟然浮在湯的正中央。平平穩穩，沒有一點兒傾斜，完美地浮著。

我們驚訝的說不出話來，父親小心的將沾醬拿出，沒有說甚麼。等沾醬重新回到地板上，我們七嘴八舌的說著：

「誰呀，開什麼玩笑！」

這整個過程我都在現場準備碗筷，幫大家添飯，我親眼看著母親放下沾醬，我也親眼看著除了我偷偷打開鍋蓋，聞了湯頭的清香，之後這鍋蓋始終是緊閉著。

這中間，除了母親端菜，父親姊妹都沒有出現在旁邊。

唯一的嫌疑犯是我。

但是我可以發誓，我沒有將沾醬放進湯裡。

更何況，要讓碗碟平穩的漂浮在正在滾沸的湯水裡，可不是一件容易的事。

十三號的怪事又不是第一遭，拿出沾醬，我們馬上面對現實，大嚼大嚥起來。

反正沾醬一點也沒損失，只是多添一樁飯後的話題罷了，沒想到事情並沒有結束。

就在我們努力用餐時，妹妹突然大叫一聲：

「啊！你們看……」

我們全部停箸不動。只見妹妹的右手高高舉起，手裡拿著一樣東西。

一支被彎成不成樣的湯匙。

那不是普通細小的湯匙，而是一支喝湯舀湯的不鏽鋼中型湯匙，有厚實的手柄，現在卻變成對折成半的怪玩藝兒了。

父親伸手接過，試著要將它拗回，只見父親使力使得臉紅脖子粗了，卻絲毫無法扳回一分。

「真不知是怎麼用的……奇怪！」

連父親都說奇怪，那就真的怪到極點了。

父親很少對身邊的這些林林總總表示想法，我們不曾聽他說過是否也有這些奇異的經歷，我們也沒有告訴他我們碰到的事情。

父親總是扮演著嚴父的角色，小時候躲著他的時間倒是很多，而且他總是很忙碌，常常頭痛，我們都不敢讓他煩心。雖然我們都知道他的關愛，但一切也都是等到我們中年以後，等到父親已無法挽回的走向人生的盡頭時，我才慢慢的明白。這樁發生在我們一家六口眼前的怪事，尤其是父親在現場，可說是無比珍貴。經過時間的洗禮，奇事慢慢有了溫度，讓我對於「他們」安排的這齣戲碼，充滿謝意，還有什麼能比得上那次的圍爐之夜呢？

長大後我看了戴咪摩兒主演的電影《第六感生死戀》，情節中提到另一個世界的「他們」，若要能移動人世間的物品是需要有功力和特殊的練習，才能夠達到的。

如果這是真的，十三號的「他們」，絕對都是功力深厚。其中有幾位恐怕是千年大師級，不但能移動，還是大手筆的移動。不但是大手筆的移動，還能改變實物的形體。「他們」能游走在兩個世界中，還能讓我們看到影像，讓我們感知到他們的存在。我們會用複數的「他們」來表達，是因為每一個事件的輕重度不同，等級也不同。有的恐怖，有的好笑。有的讓我們生氣，有的讓我們覺得害怕，甚至還有讓我們覺得溫馨的。

就像是由不同個性的角色所執行的劇碼。

「他們」，到底是誰呢？

浮在火鍋湯頭上的一碗沾醬，一支對折成半的湯匙，是那晚我們全家圍爐的共同記憶。可惜那時不興拍照，也沒有臉書，我們也沒有保留紀念品的習慣，但是有些事情是留在腦海裡，永遠不會忘記的。

15
收據

當我跟妹妹說我要寫下十三號的故事時，遠在四川的她立刻來信說：「杭州南路的鬼故事一定不要忘記娃娃跳舞，還有我們在雨中收到的紙條這兩件，那些真的太清楚，都忘不了！」

我怎能不寫？因為每次和妹妹聊起這些遭遇時都感到不可思議。

當然十三號的故事都是不可思議的，但是以下這個故事是妹妹和我共同經歷的其中之一個，非常難得。

有影像，有實體，還留下了痕跡。

小的時候，我非常喜歡大雨天，大雨總會帶來一股大地的氣息，尤其在炎熱的夏季，一場傾盆大雨好像是給空氣沐浴的盛宴，我常常站在門口深深吸著空氣經過清洗的味道。我也非常喜歡看雨滴落地的樣子。

斗大的雨滴落地時濺起的水花，看起來像一株一株的小草，也像農夫插秧時，那群等待豐收的秧苗。

從前的日子，車輛稀少，除了偶而經過的計程車，鄰居中我不記得有哪戶人家有私家轎車的，如果有，大概用五根手指頭也數得完，就連摩托車也不多，大部分人家都以腳踏車代步。因此，碰到大雨天的時候，騎車非常不方便，整條十八巷就像在做防空演習，完全的淨空了。沒有車子，也很少有行人在外面逗留。

那一天就是在這種傾盆大雨下個不停的午後。

下午睡了午覺起來，妹妹和我蹲在門口看雨滴，邊聊著學校的事情，我是小學六年級，妹妹是小學四年級。

我們當時說起好想擁有自己的腳踏車。

但是學校都在步行的範圍，父親不允許。說實在話，我們也沒有理由買車。何況當時租腳踏車非常容易，我們週末時常和鄰居孩子們拿著公車票當抵押的證件，帶著幾塊銅板，合租幾輛腳踏車，在十八巷輪流騎上好幾個鐘頭。

租腳踏車的店裡常常很熱鬧，孩子們很興奮的面對一排排的腳踏車，有那種好像走進玩具反斗城的感覺，滿坑滿谷的玩具，開心得連空氣聞起來都是甜的。大家很認真地品頭論足，討論著哪一種車款好騎。因為是共同承租，所以就有了協商的過程。跟誰共騎，會影響要租的車子的大小高低，所以彼此或高或矮或胖或瘦，都必需考量進去。租了後還要輪流騎，有錶的孩子就要計算時間。偶而有賴皮的時候，多個幾十秒也是有的。常常看到孩子追著腳踏車跑，一邊高聲喊叫：「時間到了，輪到我了！」。騎著車的孩子則東轉西彎，讓後頭的孩子抓不到。不過，不敢賴皮太久，萬一引起公憤，下次就沒人願意跟他一起租車啦。交車後叨唸幾句就沒事了，不會浪費時間吵架，因為時間寶貴。

想想這單純的租車活動，實則包含了複雜的社交技巧，如何建立合作的模式等等，都是相當珍貴的社會課程。

總之，能擁有屬於自己的腳踏車是當時的孩子們一個美好的夢想。

就在我們聊著腳踏車的話題時，我們注意到從市場的方向，有一輛腳踏車正慢慢的騎過來。

我們沒有看到這輛腳踏車從哪兒騎來，它是突然出現在我們的視線範圍內。空無一人的十八巷只有雨滴和雨聲，因此雨中的這一人一車吸引了我們的注意力。這一天雨勢滂沱，甚至水氣濃厚，眼前有層霧濛濛的感覺。騎腳踏車的這個人以非常緩慢的速度前進，朝著我們的方向過來。

我們猜想他是一位成年人，因為他的車體高，輪胎大，讓他坐在腳踏車上的身影顯得異常高大。他穿著暗黃色的雨衣，雨衣幾乎罩住他的全身，看不清楚他是否也穿著雨褲。他騎著灰黑色的腳踏車。我們看不清楚他的臉，因為他低著頭，雨衣套頭也遮住他全部的面龐。我們都安靜下來，非常好奇的望著他。

三十年後寫著這段經歷，雨中的人影和車影都還清晰的浮現在我和妹妹的腦海中，因為當時的景象實在太特別了。妹妹和我從他出現的那一剎那開始，便安靜下來，一路盯著他看。

約五十公尺的距離，他好像騎了三十分鐘似的，非常緩慢，好像在故意製造氣氛。好像我們在看運動比賽時，電視臺通常會將最後衝刺的畫面，以慢動作重複播出，好讓觀眾感受到那種刺激，接近勝利的感動。

那樣緩慢。

時間也慢下來了。

車輪緩慢的壓著布滿雨水的十八巷。

等他終於騎到我們的面前時，我們仍然無法看到他的臉，因為雨真的太大了，而且他完全被雨衣覆蓋著，我們都懷疑他是怎麼看得到眼前的路面。

他的經過帶給我們奇異的感受，雨滴雖然還是斗大的落在整條十八巷內，但雨滴的聲音卻好像在瞬間消失了，好像觸控到靜音的功能鍵，空氣也安靜了，我們完全說不出話來。

就在我們還在呆愣在當地時，怪事發生了。

被雨水沖刷得乾乾淨淨的路面，在他剛剛騎過的地方出現了一張黃色的紙張，非常鮮明，雖然大雨依舊傾洩而下，我們仍立刻冒雨衝過去拾起它。回到屋簷下仔細一瞧，只見是一張收據單張，上排印有「腳踏車行」四個印刷體字，但是沒有車行的名字，這沒有什麼特別的，真正讓我們看傻眼的卻是腳踏車行下面的字，只見歪歪扭扭寫著五個字：

「小四腳踏車」

「小四」是我妹妹的乳名。

這件奇事的過程用最簡單的話來說，就是在我們聊著腳踏車的時候，突然冒出一個看不見的人，騎腳踏車經過我們的面前，留下一張有妹妹乳名的腳踏車收據。

我們兩個端詳那張收據不知道有多久，感覺又奇妙，又有點詭異，非常興奮的討論發生這件事的可能原因。

妹妹覺得這是一個預言，代表也許很快的，她能擁有自己的腳踏車。

而我除了驚異，還是說不出個所以然來。

雖然這個預言並沒有成真，妹妹一直沒能得到父親的允許擁有自己的腳踏車，因為她讀弘道國中，離十八巷不遠，都是走路上學的。反而是我有了自己的腳踏車，因為我讀金華國中比較遠，可以騎腳踏車上學。

但是不可否認的，「腳踏車紙條事件」讓我們覺得很好玩，很有趣，好像是來自於一位陌生又善良老先生，看著忘了帶傘的兩位小女孩在雨中等候，他心裡不忍，於是他冒著大雨給我們送了他自己僅存的一把破傘，雖然遮不了傾盆的雨珠，我們的衣服仍舊濕透了，但是在心裡卻有了溫暖的感覺，好像服了一帖安慰劑。

雨中的紙條，就像是那一把破傘，讓妹妹和我在十八巷的故事中，擁有一段夏日午後的奇妙經驗。

一次溫暖的感覺。

16 驚心

「聲音」，一直是十三號的「他們」的註冊商標，也是存在的證明，是一項似乎不用通過檢查哨就可以輕易通過的表現方式，好像我們在過海關時，無須申報，可以直接出關似的。

「聲音」，更是任何一位「他們」具備的基本能力，但是因為聲音的不同，產生的效果也有極大的差異。

以下這個故事算是恐怖腿軟級，而且證人有兩位，母親和二姊同時經歷，算是極少數發生的狀況。

那一天凌晨，一樣是過了午夜十二點，二姊坐在客廳讀書時，突然聽到從父母親的房間裡發出了巨大的一聲撞擊「砰！」，讓她瞬間中，整個人從椅子上彈跳起來。巨響像是重物落地的聲音，二姊說簡直就像是將一臺四十二吋的電視機，用盡全力從二樓丟下來砸在地板上那樣的大聲。

她嚇到了，不知道父母親發生了什麼事，趕緊走到父母親的房門前，正準備敲門時，母親卻正打開門，一臉的驚恐。這時候四周已恢復安靜，這巨大的響聲，大到我們全家人和前後左右鄰舍都應該驚醒的程度，但是奇怪的是，全世界只有二姊和母親聽到。別說是鄰居，就是住在同一個屋簷下的我們，都躺在地板上的我們，都該彈跳起來的我們，全都睡得酣甜，絲毫沒有被驚醒，連翻個身都沒有。

這個解釋其實非常簡單，我們都心知肚明，那一晚抽到號碼牌的是母親和二姐。其他家庭成員，不管「他們」弄出多麼大的聲響，甚至顯現出大怪獸，或是整棟房子飛起來了，我們沒有被抽到號碼牌的人，什麼也不會聽見，什麼也不會看見，什麼也不會感覺到，就像是被完全隔離起來了。

在「他們」所有的功力中，「隔離」的功力最讓我佩服。我無法想像「他們」是怎麼做到的，一度讓我懷疑，難道「他們」是先進的外星生物，具高科技的隱形術和熟練各種電波，可以隨意干擾或製造各種聲效？

母親說，在這聲轟隆大響之前，她已經莫名奇妙地醒來了。她一睜開眼睛就聽到從遠處傳來厚重的腳步聲和敲擊地板的聲音。那個聲音就如同一個巨人拿著球棒，用力敲打著地板。

撞擊地板的聲音從遠遠的，微弱的，到越來越近越大聲，是有節奏的，好像那個巨人每走兩步即用力敲擊地板一次，聲音越來越大，母親說那聲音是充滿憤怒的。她開始感到害怕，卻動彈不得，也無法發出任何聲音。她望著躺在身邊的父親，他睡得很熟，鼾聲大作，絲毫未受影響。就在那聲音離母親越來越近，最後感覺到只剩下兩步的距離時，她非常驚惶的，用盡力氣要爬起來，這時小腿卻無緣無故的被一股力量推著，往左邊衣櫃的把手用力撞過去。她終於忍痛爬起，就在這千鈞一髮之際，「轟隆」巨響，聲音的撞擊點就在母親剛剛躺著的位置。也就是在這個時刻，二姊聽到了巨響，立刻去敲母親的房門，而母親正準備奪門而出。

已經嚇壞的二姊看到母親的驚恐表情更是腿軟。母親查看自己的右小腿，發現膝蓋內側旁邊紅腫。這個紅腫到了隔天變成淤青一片，淤青兩個多禮拜才慢慢消去。

母親事後對於自己怎麼會去撞衣櫥，感到非常不解。

以她躺在地板上的位置要撞到衣櫥下櫃抽屜的鐵圓形把手，實在是不可能。抽屜把手離我母親尚有約半公尺的距離，而且把手離地的距離比她的膝蓋高出許多。如果真要撞到，得先將身體移靠至衣櫥旁邊，以平躺的姿勢來說，另得抬高整個下半身，以特別的角度將小腿微外翻轉，以膝蓋的內側撞過去。這是一項高難度的動作，卻發生在瞬間，連母親自己都不知道當時是如何辦到的？或是說，「他們」是怎麼辦到的？又或者，其實這是某些「他們」為解救母親而特意將她推開的？

二姊不解的是，這麼巨大的聲響怎麼可能只有她和母親聽到？

而且更奇怪的是，她並沒有聽到前半部，母親聽到的那腳步和敲擊地板的聲音，只有最後的那猛力一擊，那震動了整個地板的巨響才讓二姊聽到。

可以想見這次的事件是針對母親而來，甚至還造成了她身體上的傷害。

母親在此事發生之後，只好求神問卜，希望能緩解心中的不安。而得到的解釋是：此處的另一些「住戶」，不高興我們住在「他們」的家。

但是我們能怎麼樣呢？

總不能因為發生一些怪事便搬家，何況我們是搬不起的。

母親是從我們住進十八巷十三號後沒多久便開始上早課和晚課。兒時對母親的記憶便是她盤坐神前誦念經文，自此數十年如一日。為了全家人的平安健康，她在宗教裡虔誠的尋求幫忙。

我自始至終都相信，一切都是因為母親的心如此強烈的求神庇佑，才能讓我們在十三號的鬼屋裡安然熬過了十個年頭。而不論有神無神，母親的信念，堅定不已，它化成了無形的金鐘罩鐵布衫，維護著我們。

17 警語

有一天早上用餐時，大姊告訴母親，她做了一個非常奇怪的夢。夢裡的場景在野外，昏暗的天空，遠處有一處山坡，山坡上站了兩位女士，一位年紀稍長，兩人的關係感覺上像是母親和女兒，她們都穿著深藍色的旗袍。雖然天色昏暗，看不清楚面容，但依稀可辨的是她們看起來很友善，但面容愁苦。年紀較大的那位女士叫喚大姊的名字，對她說：

「谷蘭，告訴妳爸爸媽媽，最近要小心一點。」

她說完這句話後，大姊就醒來了。

聽了大姊的這個夢後，母親面色凝重。

當晚父親詳細詢問大姊的夢境，經大姊仔細描述夢中人的形體長相後，父親覺得夢中人和奶奶及大伯母非常相像。但是在一九四九年離開大陸的那一天後，父親便無法得知家人在山東的狀況，也不知道她們是否健在。六零年代還處在反共抗俄最認真的時代，父親無法打聽到家人的下落。父親覺得如果真的是他的親人來夢裡提醒，對他而言，擔心的不是可能會發生的事，而是對親人們是否仍安好健在掛念憂慮，愁苦的面容也帶來了不詳的預感。

這件事情在多年後父親返鄉探親得到證實，奶奶及大伯母在大姊夢到她們的時候，已經不在人世。

只是，要小心什麼事呢？

父親非常喜歡園藝，空閒時總在前院忙著照顧植物。尤其是蘭花，他養了近百盆的蘭花，是多年累積，用點點滴滴的心血，投資灌溉而來。小時候我常常看著父親在院子澆水，清洗著蘭花細長的葉片，它們閃著綠油油的光，配著黑色秀氣的花盆，感覺很素淨。有時幾株蘭花開了花，父親總會捧著花盆，左看右看，欣賞個大半天。他也會將幾株長得特別好的，放在他的辦公桌上，無時無刻欣賞著，有時描繪幾筆，做為國畫內容的素材。

但是自從發生那件事之後，父親便再沒有種植蘭花了。

那天父親不在家，大姊和二姊讀整天，還在學校。我和妹妹在客廳玩著，母親在房間整理衣服，一個原本平凡安靜的下午，卻讓一個惡徒給破壞了。

接近三點鐘時，突然門鈴響起，我們都嚇了一跳。母親趕緊放下手邊的事，前去開門。通常我們都不太理會有什麼客人來，何況我和妹妹玩得正起勁，實在沒理由跟著母親去開門。可是那一天，我卻告訴妹妹等一下，我想去看看是誰來了。

母親一開門，是一位陌生男人，約四十歲左右。他大踏步走進院子來，母親完全來不及阻止。我躲在母親身後看著他。他滿臉堆笑，表示看到報紙登有小廣告，父親當時有在出售自己的繪畫作品，他是來看畫的。我貼著母親，感覺到母親有些緊張。當時我年紀雖小，但是我看到他的眼睛閃爍不定，他的笑容充滿邪氣，覺得他是一個心懷惡念的人。

他說是要來看畫的，但是院子裡掛了許多幅父親畫的國畫和西畫，他只掃過一眼，完全沒有在看。一雙眼睛卻不停的左右張望，還往我們家客廳裡面瞧。他的右臉頰有一小道傷疤，皮膚粗糙，如果再讓我見到他，如果他仍停留在四十歲的面貌，我想我可以指認他。

這輩子第一次覺得所謂壞人長得就像是那個樣子，尤其是那雙眼睛，透露著他不正的心，令人感到不舒服，他散發的氣息顯得虛假不實，好像在掩飾什麼，他只說兩句話，卻已經讓母親的手緊緊搭在我的肩膀上。

母親強調父親馬上會回到家，請他晚點再來或改天再來，看得出母親希望他儘快離去。他東張西望幾秒鐘後，頻頻點頭後離開，走到門口時還回頭再望了一眼，不是看我們或畫作，而是看著父親掛著的蘭花。

他的確又再來了。

傍晚父親一回到家，母親立刻告訴他今天那位感覺不懷好意的訪客，母親想起大姊的夢，提醒父親小心一點。

當晚，睡到半夜，我們聽到父親的吼叫聲，然後是汽車駛離的引擎聲音。我們全部驚醒，只見父親起身至前院查看，所有的蘭花被洗劫一空。竊賊並不是一盆盆的抱走，而是直接將蘭花連根拔起，留下空洞的花器，整個犯案過程不到三分鐘。

父親是在半夜聽到院子有聲響醒來，立刻對著窗戶吼叫，母親拉著父親不讓他衝出去。歹徒早已偷得差不多了，他們一聽到父親的聲音，立刻離開，和停在門口的同夥們駕車離去。

隔日一早，前院真的是滿目瘡痍，像是強烈颱風橫掃而過。我不記得父親有沒有報案，我只記得他好幾天不發一語，後來就再也沒有種蘭花了。

這件事對父親而言是件慘事，損失的是他最衷愛的蘭花，發生在大姊夢到奶奶和大伯母後三天。

我想，還好只是物質上的損失。

如果沒有母親的阻止，也許父親會衝出去打上一架，造成身體的傷害。

如果不是白天那位來探路的惡賊透露了些訊息，父親不會因為母親的話而有所防備，在聽到聲響時立刻醒來，將他們嚇走。雖然蘭花都已消失，至少沒有給歹徒們更多的時間偷父親的畫作，或進屋內搶劫。

謝謝奶奶和伯母來警告，讓我們多了警戒的心。

既然，在十三號的屋子裡有這一群與我們非親非故的「他們」存在，那一定會有另外一群可能和我們是有聯結關係的「他們」存在著。

我想，冥冥中，這個世界和我們看不到的世界，仍有交集。

18 糖果

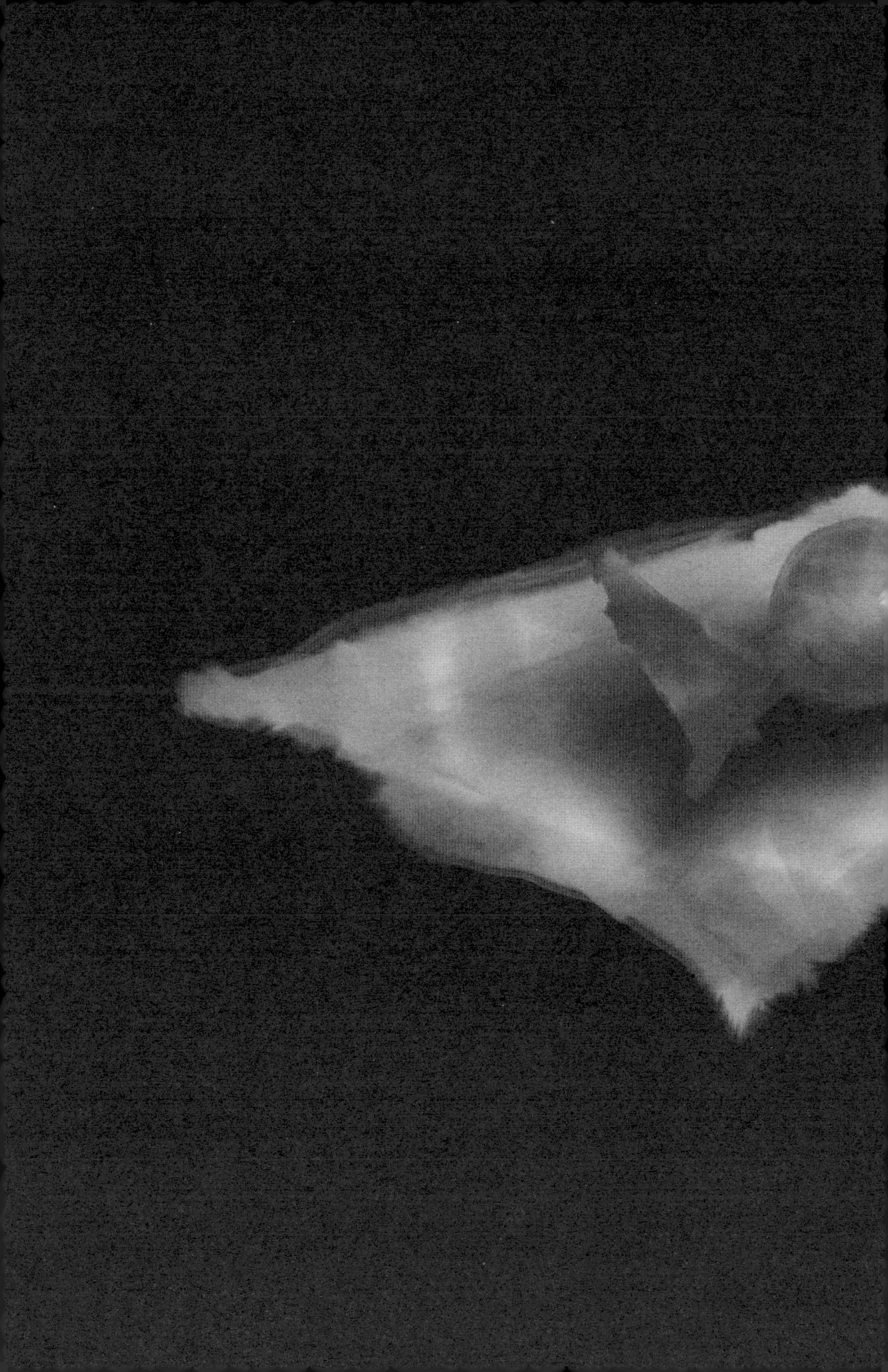

說起和妹妹在門口觀雨的那次腳踏車事件之後，之後又發生了另一件讓妹妹和我永生難忘的事，也是在一個下雨天。但是這一天並不是傾盆大雨，而是細雨紛飛的涼爽午後。

幼時，妹妹和我常常玩在一起。雖然免不了吵架，但是姊妹中我們最親近，妹妹不僅是玩伴，也是我最要好的朋友。我們常蹲在門口說話，一邊觀看十八巷的人事物，一邊聊天。我們聊著鄰居「阿公店」的零嘴，討論著最喜歡的小點心。我們都稱十八巷的雜貨舖為「阿公店」，因為看店的是小娟的阿公。我不記得小娟是否與我同年，她似乎不常和我們一起玩，但是十八巷的生活環境是這樣的，每戶人家有幾個小孩，大概多大年紀，我們彼此都知道。如果同校同班，當然沒話說。即使不同校，我們也會因為常常在門口玩，幾聲吆喝下，多少認識前後左右的小朋友們。我記得小娟長得白白淨淨，很討人喜歡的模樣。她和她的兄弟姊妹們很少在店裡出現，我們總是看到她的阿公。他長得瘦瘦長長，對我們這些愛在他店裡東挑西選，嘰嘰嘎嘎的小蘿蔔頭們，從來都是和顏悅色。除了五顏六色的糖果罐是我們的首選零嘴外，白雪公主口香糖也是我們的最愛，因為一顆口香糖可以嚼一整個下午，嚼到實在無味至極，加買一顆和妹妹一人一半後，又是一個新的開始。

小時候，許多簡單的事情，都讓我們得到極大的趣味。

那天下午就在妹妹和我聊到零嘴時，她對我說：

「如果現在有糖果吃就好了！」

才剛說完這句話時，我們家左斜對面的住家前面，有一根電線桿，從電線桿上方的天空方向，突然掉落一樣東西，像是一粒石頭大小的東西，掉落在約五公尺前方的地面，發出輕脆的聲響，但是聲音並不大。我們互看了一眼，有了上次的經驗，妹妹立刻站起來，冒雨跑過去撿起地上的東西。

如果人們可以將記憶畫成一張張的圖片，有些會是黑白的水墨畫，有些是強烈色彩的油畫，有些會是粉彩，揮灑著模糊不清的線條，或是用色筆塗畫出對比分明的抽象畫。

那一天的午後是一幅鉛筆素描畫，輕輕淡淡，可是蘊含著濃厚的情感。這情感，將十八巷的日子瞬間給調柔了。

在我的記憶裡，當時的畫面是黑灰色的天空，飄著濛濛細雨，雨中站著一位小女孩，望著手裡捧著的一顆糖果，而這顆糖果卻是鮮黃色的。

整幅畫作中唯一的顏色。

妹妹從地上撿起來的是一顆糖果。

一顆真正的，散發著甜味的糖果。

鮮黃色的透明包裝紙，包著圓形的硬糖。包裝紙上沒有字樣，看起來也像是一般的糖果。但是奇就奇在它是在我們的眼前，從天上掉下來的。

十八巷是一大片平房建築，少部分人家有兩層樓，方圓幾里內似乎沒有高樓大廈，而我們家對門左前方附近都是一層樓的平房，沒有人可以從樓上丟糖果到馬路上。

我們兩個興奮得不得了，立刻衝進屋內告訴爸媽，他們覺得很有意思，但是並沒有多說什麼。我們捨不得吃下糖果，將它放在書架上，沒想到幾天後竟爬滿螞蟻，只好將它給丟了。

天外飛來的糖果和大雨中的腳踏車收據，這兩件故事，是妹妹和我共同分享的奇妙經驗。

它們充滿趣味和包含溫和調皮的動機。

雖然沒有證據，語言的陳述又是如此的遙遠，但這些絕對不是我們的幻想或杜撰出來唬人的童話故事，它們真實地發生在我們住在十八巷的日子裡。

真實的。

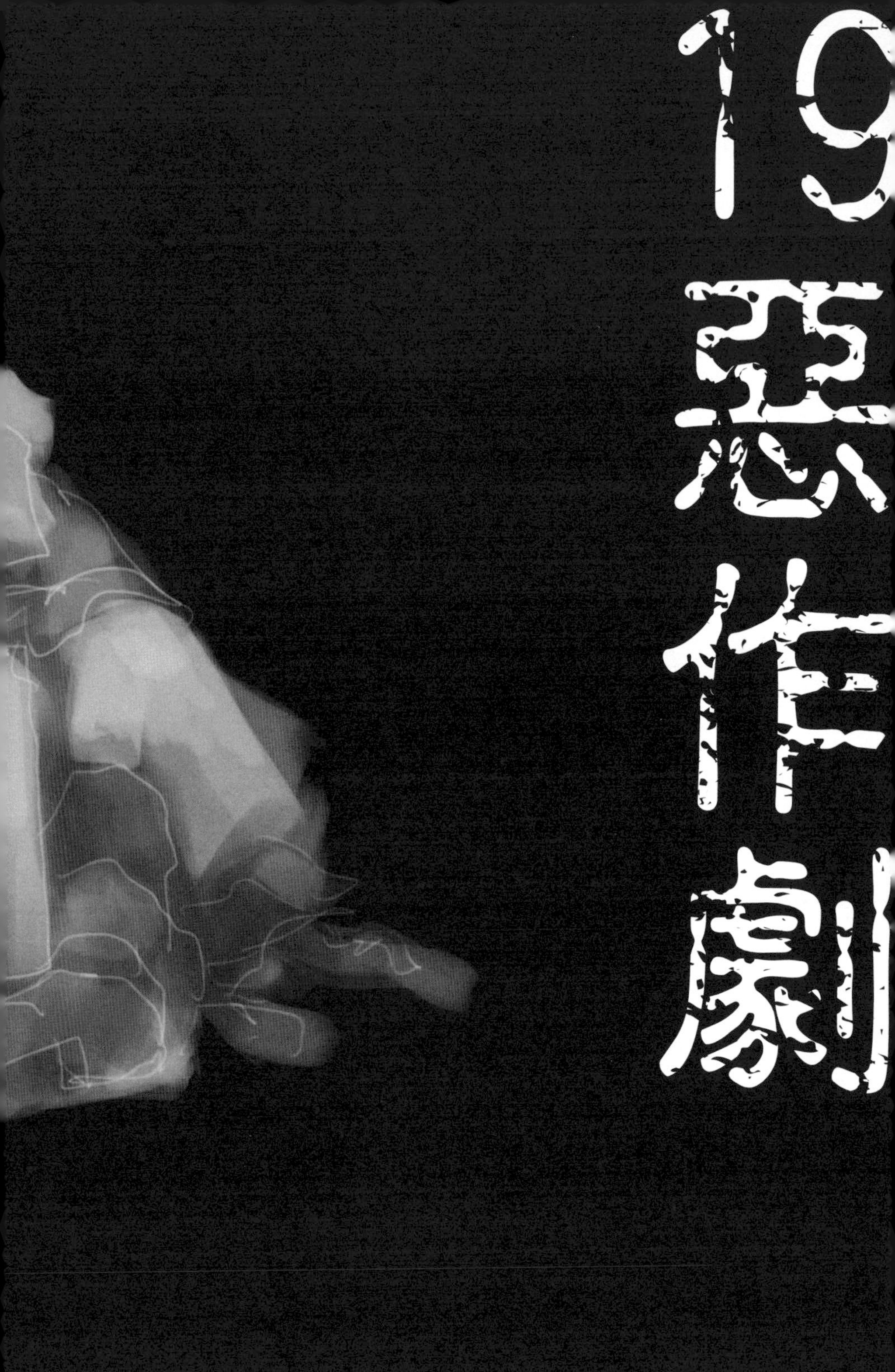
19 惡作劇

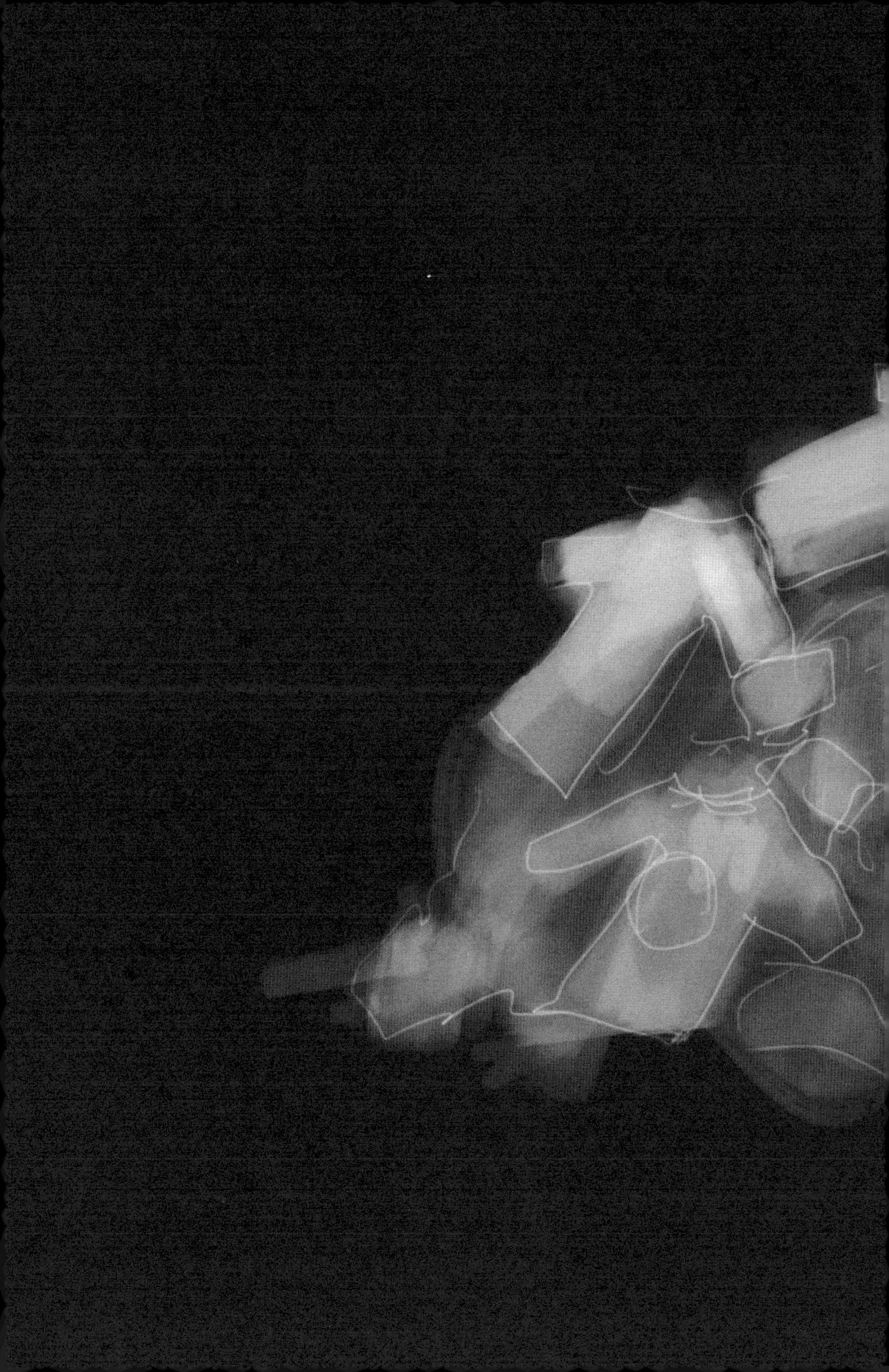

自從父親在我們的房間上方，用木板加蓋了小閣樓之後，常常我們都會聽到閣樓發出「ㄎㄡ！ㄎㄡ！」的聲音。尤其是半夜起來上廁所或無緣無故的醒來時。這聲音就像是有人在閣樓上用手指關節，敲擊著木頭的聲音。因為就在我們的頭頂上方，聲音很清楚，但並不是很規律，有點像當我們坐在椅子上很無聊的時候，手指頭無意識的敲著桌面，只為了打發時間。

深夜裡，我常常窩在被窩中，從微弱的黃燈下，呆望著頭頂的閣樓板，聽著「ㄎㄡ！ㄎㄡ！」的聲音，清楚又乾脆。那敲擊聲的位置並不會移來移去，就是從躺著的正上方發出。不過，敲擊聲會因當晚輪誰聽到，根據躺臥的位置不同，聲音的發出點會有所不同。即使數十年後的今天，我仍然記得那個敲擊聲，因為聽到的次數非常頻繁，我躺在地板上，看著身旁熟睡的姊妹們，靠牆的木衣櫃，有斑駁的痕跡。頂著閣樓口的暗棕色木樓梯，隔開此房間和父母親房間的推門，樓梯旁牆壁上方貼的白底黑字，密密麻麻的醒世文，小燈泡懸掛的位置，垂著一小段電線……我都記得。

我心裡總是納悶著，住在這個房子，雖然三天兩頭就有令人不解的事發生，大家早就習以為常。但是，我不知道，「他們」到底想要表達的是甚麼？難道就只是希望嚇走我們，要我們搬離此處嗎？還是「他們」試著與我們溝通，希望我們能聽懂「他們」的訊息?

怪聲怪事並不會讓我們擔心受怕,日子總是要過的。而且奇異的是,任何聲響都不會持續太久,「他們」會將我們「點醒」,讓我們聽到聲音。「他們」也會在適當時間內將我們「點睡」,從不曾讓我們失眠。

早晨起床,晚上睡覺,我們離不開每天必需應付的生活常規。既然這是我們的家,也只有面對現實。

倒是讀金華女中的時候,我常常和坐在隔壁的小文同學說起咱家發生的怪事,她總是覺得很害怕,常叫我別再告訴她這些有的沒的。

有時候我和她吵架,還會非常缺德的說出:

「我回去跟我們家的『他們』說妳家的地址喔,叫『他們』去找妳!」

現在想起來真是汗顏,連這種話都說得出口,希望她能原諒我這個損友。

從閣樓發出的「ㄎㄡ!ㄎㄡ!」聲音,是持續不斷的,是每隔幾天我們姊妹們的其中之一就會在半夜聽到。反正聽著聽著便又睡著了,隔天又是忙碌的開始,絲毫不會影響我們的心情。

我們上課、下課、讀書、寫功課,腦筋裡被課業、同學和感情塞滿了。家裡生活上的異事化成點綴,我們沒時間,也來不及為「他們」煩惱著。

因此，記在腦海裡或是寫在日記裡的都是屬於經典級，也因為我們常常在聊天時說起十三號的異事，即使接下來我們家經過多次的搬遷，跨越了一個世紀，十八巷的日子，卻始終鮮活，成為無法磨滅的共同記憶。

聽了好一陣子閣樓的「ㄎㄡ！ㄎㄡ！」聲之後，終於發生了一件大事。讓我們在事發之後回憶起這些聲音，覺得「他們」似乎含有警告或表達不滿的意味，也許那就是一種訊息：

閣樓是屬於「他們」的範圍。

或，搭建閣樓，破壞了「他們」的活動空間。

那是在炎夏來臨前的日子，有兩三個星期，母親都在整理我們冬季的衣物。她每天忙著洗衣服、曬衣被、摺衣服和收棉被。每弄好一批衣物，母親便將它們放至閣樓上，包括大棉被和毛毯等。

這一天，她終於將所有衣物都整理好了，整齊安置在閣樓上。卻沒想到當夜發生了大怪事。現在回想起來，這也是屬於恐怖級的，有點狠心的，對日日夜夜照顧養育四個孩子的母親來說，真的是雪上加霜，太過辛苦了，連我們在心底都要忍不住罵一聲，為什麼要這樣？

我清楚記得清早我們起床時看到的景象，大家都喊著：

「天啊！」

「怎麼回事?!」

母親則是完全說不出話來了，臉色也氣綠了。

我們簡直無法相信眼前所見。

只見我們房間地板上有一堆像小山般高的衣服，就在閣樓口的正下方，還有幾件垂掛在半空中。都是母親先前整理好放在閣樓上的冬衣，現在卻躺在樓下的地板上。

我們輪流爬上階梯看了一眼閣樓的景象，真的是慘不忍睹。

上面亂成一團！

每一件衣物被弄得又摺又縐，好像有人在閣樓上玩枕頭仗，將衣物全部拿來當枕頭亂丟似的，全是亂七八糟的衣物，東一堆西一坨的。

依眼前景象判斷，地板上的衣服是從閣樓上被推下來的，在推下來之前已經被搞得一塌糊塗，所以每一件衣服都是攤開的，還有兩三件沒有被完全推下來的衣服，垂掛在閣樓口，更增添詭異的景象。

母親忙碌了數週的心血化為烏有，雖然不用重新洗過，但又得摺，又得將所有衣物整齊堆放回閣樓，想到就累了。難怪母親從頭到尾都沒有說話，我們安靜地穿衣吃早餐，然後上學去。

民國七十一年三月六日　晚上十點十分

昨晚媽媽把整理好的一大堆衣服擺在擱樓上，不知到半夜時，那堆衣服竟全部都被推下來，還有一兩件掛在上面差點掉下來，實在令人百思不解。衣服是被什麼「人」or「不是人」推下來的，令人感到恐怖又好笑。

以上是我在日記中寫下當時發生的狀況。

發生這種事，我們也絕對不會問：「是誰弄的？」

「他們」為什麼要這麼做呢？

究竟是什麼樣巨大的力量可以將衣物全部搗亂又推下來呢？

如果「他們」可以做到這樣的程度，那「他們」的能力其實可以做任何事情了。

是「他們」手下留情，

還是「他們」也有律法必需遵守？

「他們」純粹是在惡作劇，還是要表達不滿？

如果是惡作劇，這玩笑開得也太大了，倒楣的母親。

母親默默地將衣被全部重新整理過，再放回閣樓上。還好之後沒有再被推下來，想來開玩笑也要有個限度，不能欺人太甚。

唉！

20藝術00

如果能看到「他們」，會是什麼模樣？像雨中騎著腳踏車的高大先生嗎？和我們一樣，有著人的形體？還是「他們」可以變幻成各種形體？

如果能聽到「他們」說話，會是什麼樣的聲音？

幾年下來，十三號的「他們」，已經多次讓我們見識到「他們」無形的力量。

「他們」，可以移動物體。

「他們」，可以發出聲音，製造聲音。

「他們」，可以控制我們部分的生活，讓父母更加勞心勞力，讓我們心裡掛著焦慮。

「他們」，甚至可以和我們的身體接觸，像二姐被「他們」賞了一個耳光，母親的小腿被「他們」推撞到衣櫥。

「他們」，也曾賞了一顆糖果給妹妹和我，也在雨中送來鼓舞的字條。

雖然不是無時無刻的干擾，不過生活中不時的來一點驚奇或驚嚇，也夠令人傷腦筋的。

接下來的故事讓我在當時有好一陣子不敢熬夜，因為「他們」居然現出一個形體，讓我此生難忘。

有天凌晨約一點多，按照往常，我讀一會兒書，又開始不專心的翻翻桌前的小玩意兒。有同學送的相框、書籤、夾在小說裡的字條等，突然注意到二姊最珍愛的一面鏡子竟放在我的桌上。這面鏡子像一把手搖扇，鏡緣和鏡子的背面有非常典雅的宮女圖案，高聳的髮髻，掛著叮叮噹噹的珠鍊，鑲著寶石的晶亮玉鐲掛在美女如凝脂般的皓腕上，櫻唇鳳眼，簡直如天仙般的模樣，那時期覺得美女真得長成這樣才行。這鏡子是姊姊的寶貝，她同學在故宮博物院買來送給她的禮物，平時我們是碰不得的，這回一定是她忘了收起來，讓我撿到機會，把玩一番。

我拿起來欣賞上面的圖案後，順便瞧瞧自己的臉。

青春時期對於在臉上蠢蠢欲動的痘痘們總是保持著警戒狀態。就在我檢視左頰右頰，又審查額頭的同時，突然注意到我的背後右上方有一個奇怪的東西。

此時此刻，我想到那樣東西在我的身後時，全身仍是寒毛直豎。

其實，「他」長得並不嚇人，可以說像是一件藝術雕塑品。

這樣東西的大小約三分之二的人頭大，是黑色和白色的兩條塑料扭曲交纏的形狀，立體的，形狀像個筆筒，像是一樣可以擺在桌上的裝飾品。如果是正眼瞧著它，我可能還會拿起來看看。「他」是那種長得很抽象的藝術作品，這個黑白塑料形狀的作品，如果放在美術館，一點兒也不會奇怪。它可能會有個主題，可能是

「糾纏」，或者是「黑白不分」之類的。

我想，難不成是父親買了這東西掛在家裡牆上當裝飾用？雖然我當下就覺得不對勁，那東西是實物，乍看之下是浮靠在牆邊，因為它是非常立體的，沒有辦法，也不像是掛在牆上的。

但是，接下來發生的事才是真正的重點。

我在鏡子裡可以看到「他」，非常清楚，清楚到我到如今還記得「他」的樣子，也能畫出「他」的形狀。但當我立刻回頭看時，發覺身後除了白色的牆面，並沒有任何東西。我還懷疑自己的眼睛是不是花了，我再往鏡子裡看一次時，「他」依舊在我的腦後方，依舊是那個黑白糾結的形狀、顏色和位置，沒有任何的變化。我重複了好幾次轉頭查看的動作，鏡中的藝術品不曾消失，一直在我的頭右後方的牆壁上，而我的身後卻也一直是空空如也的一片白牆。

終於，我緩緩放下鏡子，慢慢站起來，因為太過驚恐，動作變得很遲鈍，好像怕驚動了什麼。燈也沒關，便走進房間，躲進被窩裡了。

隔天又因為沒關燈，沒關收音機，沒收好桌上亂成一團的課本，被父親唸了一頓。

自從那次經驗後，在十三號的屋子裡，我再也不敢在半夜拿鏡子看了。

21 葬者

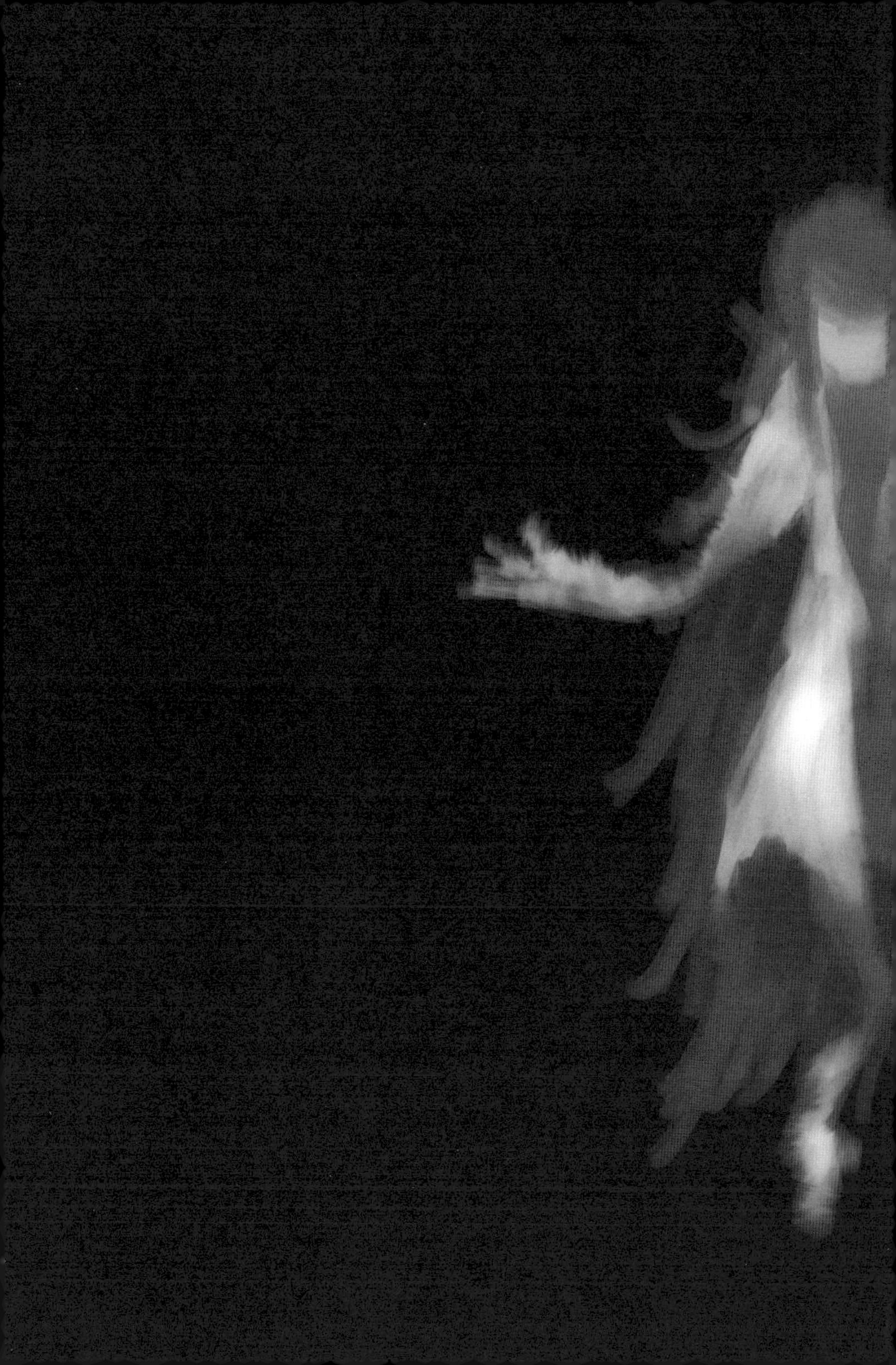

住在十三號多年後，我們可以感覺到另一個世界的「他們」，也是有各形各樣的角色。不同的事件，帶給我們的都是不同的感受，是由不同的對象所提供。像雨中送來腳踏車收據的「他」，和從天上丟下一顆糖果的「他」，或是將沾醬放在火鍋裡的「他」，將湯匙折彎的「他」……等等，在「他們」的世界裡，必定是屬於溫和派的角色，可惜這樣的「他」，在那個世界所佔的比例，似乎並不是非常的多。

我接下來要說的故事，帶給我的震撼無可言喻。

我第一次親眼見到聊齋故事中才會出現的角色。

從那一天起，原本黑白分明的這個世界，好像突然有了灰色地帶，變得模糊不清。

「她」，在我的眼前開了一扇窗口，窗外的景色不是耀眼的陽光或翠綠的草原，而是走進一個漆黑的蝙蝠山洞，裡面黑影幢幢，空氣中充滿著潮濕的黴味，寒冷又陰鬱。

這扇窗口，讓我看世界的眼光因而變得迷惘不定。

我們的眼睛，看到的是真正的景象嗎？

天地陰陽，山水風雷，到處都好像隱藏著人們難以捉摸的祕密。

我多麼吃驚，懷著敬畏的心想著，我們對所處世界的瞭解是多麼的微小。除了世界，還有宇宙，還有和我們同處在一個屋簷下的「他們」。
以我們的知識，無法解釋。
以我們的科學，無法證明。
以我們的理性，無法接受。
然而，「他們」卻又是真真實實的存在啊。

那一天半夜，我本來在熟睡中，突然的，非常清醒的睜開眼睛。當時我們四個姊妹睡在最靠近廚房的房間地板上，隔著窗戶便是後院。窗戶是一格一格的正方形毛玻璃，中間的木頭窗櫺為淡藍色。整片窗戶呈拉門式，內有紗窗，平時多半開著，前後通風，即使夏天也很涼爽。
我莫名其妙的醒來，完全沒有睡意，也不知道為什麼，眼睛直視著窗戶的方向，突然我看到眼前有一位女子，好像「她」早就等待在那兒要讓我看到。
每天晚上我們上床後都會留一盞燈泡亮著，因此房內的光線並不充足。但是這位女子的身上卻似乎會發亮，好像她正站在舞臺上演出，投射燈照在演出者的身上一樣。她的個頭很小，高度約二十公分而已，整個人好像站在窗櫺上。我平躺在地板上往前上方望去，看不清楚她的臉，因為她很小，但是整個形體看得很清楚，她全身穿著白色連身長衣，烏黑的頭髮長至她的腳部。我看到她時，自己的身體完全動彈不得，我只能轉頭看看姊妹都在身邊，但是沒有人是清醒著。我再看向她時，她竟然開始跳舞。

這輩子沒有見過那樣的舞姿。

我只能用「狂舞」來形容當時她的姿態，好像是另一個境界的祈神之舞；又好像是吞了強力的迷幻藥，正試圖解開全身錯節了的神經細胞。

她全身舞動，白色長袖不時高舉搖晃，黑髮狂亂的飛起，連帶的，她的長裙激烈左右抖動，我完全看呆了，呆到連眼皮幾乎沒敢眨一下。

她在我的面前完全沒有停頓的狂舞著，也許因為她是縮小了的女子形體，像我們平常在玩辦家家酒時的芭比娃娃，因此，我並沒有感到害怕。當然了，如果像真人般大小，如「七夜怪談」裡的貞子，我可能早嚇暈了，連看也不用看了。我只能說，當時氣氛非常詭異。黑暗中，白衣黑髮的迷你女子在窗檽上飛舞。我以全副精神盯著她看，她自始至終都忘我般的狂亂舞動著身軀。

好像這一夜的節目就專為我演出似的。

我不知道看了多久，至少有五分鐘以上吧，看到我至今仍能清楚的描繪出她的身形，她的舞姿，一輩子也不會忘記的程度。後來我不知道是何時再度入睡的，這整夜像一場奇異的夢，可是它並不是一場夢，昏黃的光，明亮的迷你女子，在我身邊的姐妹們熟睡的臉龐，我躺著的位置，她跳舞的地方，在哪一格窗旁，我都記得，畫面定格在我的腦海裡。

沒想到更怪異的事情還在後頭。

早上起來的第一件事便告訴母親，妹妹在旁邊聽到，說了一句不可思議的話。她說：

「我也有看到……」

我驚叫，跟她形容了我看到的女子，她卻接著說：

「但是我看到的和妳看到的完全不一樣……」

原來，同一天的夜裡，除了我，妹妹也莫名其妙的被點醒，睜開眼睛，然後和我一樣，看到「他們」。

22 布偶

在黑夜中狂舞的黑髮白衣女子將十三號的故事帶到了另一個境界。

我們不只聽到，感覺得到，最後，還看得清清楚楚。

我們討論過這種感覺，在半夜醒來看了奇異的景象，這是一種被「點醒」的感覺。

平時半夜若醒來如廁或口渴想喝水，腦袋總是還有一半在睡夢中，是迷迷糊糊的感受，眼皮很重，眼睛發酸，可能走路不穩，甚至開錯門，走錯房間。像我小時候有一次迷迷糊糊的拉開衣櫥的下層抽屜，轉身坐下，準備對著一抽屜的乾淨衣物小解，幸而被姊姊阻止，才未釀成蠢災。而妹妹有時醒來後回到床上，早上起床後才發覺，雙腳下墊著枕頭，睡錯相反的方向。當然睡錯位置更常見，反正是迷迷糊糊，說了什麼話，做了什麼事，通常隔日都不太記得。

「點醒」，卻是一瞬間完全的清醒。

不是因為聽到聲響或被碰觸而醒來，這種清醒是很奇怪的感覺，好像是被一種我們看不到的東西所喚醒，可能經由電波或是我們完全無法理解的方式。

總之，明明好夢正酣，卻是一秒鐘內眼睛便睜開了。當眼睛睜開的瞬間，腦中清醒異常，即使是早晨睡飽了醒來，都不能夠有這樣神智清明的感覺，好像深深的吸了一口喜馬拉雅山上的清冰空氣，瞬間覺得自己有能力面對任何的事情，覺得清白的視界與腦袋，可以容得下各種經歷。如果是睡夢中被人潑了一盆冷水在臉上，那是驚醒，絕對比不上被「點醒」的那一瞬間來得清醒和平靜。

我們都有數不清這樣的經驗，明白以這樣的方式清醒，一定有事情即將發生。但是只要戲碼結束，自然而然的，我們會立刻睡去。完全不會受到剛剛的經歷而影響了我們的睡眠，也是莫名其妙的回到夢鄉。

「點睡」，和「點醒」剛好相反，是一瞬間完全的入睡。

這個過程就像是電視裡播放催眠大師如何將觀眾催眠的表演一樣。不論你相信與否，至少在演出中，催眠大師在觀眾面前輕彈一指，觀眾立刻入睡；再彈一指，立刻醒來。唯一不同的是，催眠大師的主要目的是將人們催眠，而我們是被「他們」點醒。

之前說到我看到狂舞女子的那天深夜，妹妹也是在同一個夜晚被點醒的，她一睜眼看見我們都在睡覺，可見我們倆個被點醒的時間是錯開的。妹妹很自然地看往窗戶的方向，但是她看到的卻是一個很大的女性布偶，比平常我們看的布袋戲布偶大得多，手腳四肢各有一條線牽引著，四條線看得很清楚，線的另一端高度在天花板的位置，但是看不到控制布偶的手，因為上面是黑暗的，和我看到的景象類似，光線打在布偶身上，其他地方就看不清楚了。

布偶穿著華麗的日本式和服，鮮艷的花紋，對比強烈的藍紅黃黑顏色交錯，閃亮般的刺繡滾邊，整個布偶可以說是非常的亮麗。布偶有一對會轉來轉去的眼睛，除了四肢會隨著線繩上下晃動，她的兩顆大眼珠還會緩慢地往左看，再緩慢地往右看。

我對妹妹說：

「妳看到的可比我看到的好得多，沒有我看到狂舞女子來得可怕。」

妹妹並不同意。

她說布偶在窗邊的動作，好像電視節目在播慢動作時的擺動，尤其那雙超乎比例的大眼珠左右轉動時，妹妹表示整個過程的氣氛是有些恐怖的。

她也是盯著布偶數分鐘，隨著那四條隱隱約約的線看布偶四肢晃動，眼珠轉動，沒多久後，就被點睡了。

我後來想著，三更半夜點醒兩個孩子，觀看長髮女子狂舞，和緩慢舞動的布偶，「他們」的目的是甚麼呢？

其實我也不太算是孩子了。那時我國二，妹妹小六。隔天及日後的月月年年，我們討論這件事不知道有多少次了，覺得那一夜是我們兩個碰到最為詭異的一次。

再也沒有比那在暗夜中狂舞的白衣黑髮女子讓我的感受如此強烈。

就像是觀賞了一齣難忘的獨角劇，有燈光有背景，但是沒有聲音，靜夜中的劇碼，要傳達的是什麼訊息？

這個世界真是令人無法理解啊。

23
夢魔

這個故事並不是發生在十八巷，是我長大後的一次夢魘經驗。因為太過特別，讓我聯想起二姊曾被打耳光，與「他們」肢體接觸的感受，我想記錄下來，當做是十八巷的後續故事。

當時大姊租屋在臺北四維路，大姊的女兒妞妞還小，可能才兩三歲吧。有一天下午大姊請我幫她照顧妞妞。我們坐在客廳的地板上，妞妞玩玩具。我陪她玩一會兒後起身走動。我走到沙發旁時，突然想躺一下。正當我一躺下時，莫名其妙的，立刻進入夢魘中。我並沒有感到疲累或是想睡覺，我正在顧妞妞，怎麼可能去睡覺？所以當我被迫進入夢境時，感覺很緊張，我用力張開眼睛，卻無法完全睜開，只有在眼睛半開的情況下，看到妞妞仍然在我右邊靠牆的角落玩。

接下來發生的事才真讓我害怕。

我的身邊突然出現一個小男孩的身影，他站在沙發旁邊看我，因為我全身無法動彈，只能半斜眼看著他，灰灰濛濛的，但是清清楚楚的是一個小男孩。就在我驚嚇著，掙扎想要醒來時，我感到他在我的臉上揉捏，就像是我們在做鬼臉時，會將臉皮往上拉或往下拉，或一邊上拉，一邊下拉那樣，我的臉皮就這樣被拉來拉去，小男孩的身影還在我旁邊，好像是他的雙手在捏我的臉。我害怕妞妞一個人不知道怎麼樣，就用力轉頭往妞妞的方向望去，我只能勉強的轉幾度，見她的身影仍在原處玩。我的臉皮還被拉扯著，我感受到皮膚的接觸，涼涼軟軟的，並沒有疼痛，只是詭異，簡直是一個接近惡劣的惡作劇。因為我掛心妞妞，也因為驚恐，我開始在心裡呼喊我認識的所有神明的名字，所謂臨時抱佛腳大概就是這種狀況。這夢魘持續約一分鐘之久，我終於掙脫夢魘，跳起來，完全虛脫的感覺，趕快衝到妞妞的身邊。

這是我從小到大最可怕的一次夢魘了。

第一次半睜著眼，還可以模糊看到周遭的環境。

第一次有肢體上的觸感。

第一次讓我看到形體，那個身高約五六歲的男孩。

夢魘的發生有許多科學上的解釋。例如受到外界環境的刺激，或者是因為心理壓力所致。這是一種睡眠障礙，並不是因為有鬼怪出現。而且因為是在半睡半醒中，所以身體的肌肉還在放鬆狀態，會動彈不得。也因為半睡半醒，所以可能有幻覺的出現。也就是說夢魘發生時感覺自己很清醒，其實是在睡夢中，或半睡中，所以那些感覺都不是真實的。以為自己眼睛是睜開的，其實並沒有睜開。以為看到什麼鬼怪，其實那是在夢裡。

這些我都知道。

然而，我並沒有在半睡狀態中。我是完全清醒的。

我並沒有進入夢鄉，我在夢鄉的門口，拒絕進入。

不論專家們給了多少的解釋，我相信自己當下的感覺。

這並不是故意嚇自己，我還是相信十八巷給我的啟示，這個世界是無限寬廣的。

應該相信一切，也應該懷疑一切。

23 夢魘

結語

回想住在杭州南路二段十八巷十三號的那段三千五百多個日子，感覺像是一場夢，夢裡的場景是那麼的奇特，卻又如此平凡。生活很簡單，所以也很容易覺得幸福。父母親身上的重擔壓得他們不太有時間管我們，所以我們得清清楚楚的過每一天，該做什麼，該決定什麼，都是自己要負責好。

對孩子們來說，玩的地方絕對不嫌少，光是交錯的巷弄就夠我們鑽來鑽去的。玩躲貓貓，藏拖鞋，找人或找東西就可以花掉半天的時間。更不用說之前提到的傳統菜市場和中正紀念堂這個碩大的後花園了。

國際學舍

每天，我們都很忙碌，但是並不複雜，大人小孩都是。那時期還不興看電視，父親常利用空閒時間帶我們逛「國際學舍」（大安森林公園原址），那裡常常舉辦書展，上百個攤位可以逛上好幾個小時。或者去逛國語日報社，隨意拿本書看，在地上一坐就是一個下午。父親自己是個愛書人，他讓我們親近書本的方法是很單純的。他陪著我們，引導著我們，不強求也不說教，自然而然的，將我們帶到書堆中，任我們在學海裡找出自己的興趣。他從來都沒有跟我們說該讀哪些書，或哪些書不能讀。我想他是靜靜的觀察我們，用身教，培養了我們對書的感情，對文學的喜好。而且從小到大，不論經濟上多麼拮据，父親完全放任我們姐妹們買書，到了高中階段，我們家藏書已超過兩百本，姐妹們喜好不同，各種書籍都有。父親留給我們的是一輩子的精神食糧。

為此，我們終身感念。

母親是我們的戰友

母親則是因為和我們幾個女兒共同面對十三號的「他們」，好像是我們的戰友般。她餵飽我們，打理我們生活上的一切，讓我們無憂無慮的。即使在她從陽臺摔下跌斷腳踝的那段日子，跛著腳，我們的三餐加便當一樣也沒少。雖然她日夜操勞，我們可以深刻感受到她的疲累，但是她對我們永遠是輕聲細語，從來不曾打罵，從來都是滿滿的耐心與愛。

在十三號，每當任何事件發生後，我都可以感受到母親憂心忡忡。為此，她時時刻刻在神明前為著家人的平安，日夜祈禱，即至今日，她的祈求依舊是為了我們家人，從來不為自己著想。

頭痛的父親

在十八巷，印象中父親一直都有嚴重的頭痛毛病，脾氣很不好，很少有開心的時候，總是跟母親吵架。我們常常看他吞服止痛藥，有時候痛到很嚴重的程度，我看他躺在地板上，眉頭深鎖，流露著疲憊又無奈的表情，完全沒有辦法控制身體的狀況。有時候家裡剛好沒藥了，我們會去藥房幫父親買止痛藥。那時父親書桌的其中一格抽屜裡都是藥味兒。當父親疼得厲害時，母親會叮嚀我們不要吵父親，我們就趁機安靜地溜出去玩。

一天到晚生病的我

我呢，則是動不動就感冒氣喘，父母親多方打聽許多治療的方法，我也服過各式各樣保護氣管的藥方。我記得有段時間每晚吞一湯匙濃白黏稠的魚油，腥味實在噁心極了。當時想都沒想，這些可要花上多少父親辛苦賺來的血汗錢。此外，記得有位陳叔叔送我們一隻活鴿子，說鴿肉對氣管好。母親將籠子放在陽臺上好些天就是下不了手殺牠，我們都會去看看牠，牠在籠子裡走來走去，咕咕叫著，我無法想像牠要進到我的肚子裡。幾天後，母親在晚上將籠門開了，放牠飛走，我們都很高興，父親也沒有說話。

意外事件

意外事件在家人身上也發生過幾樁。比較重大的幾件事是：

妹妹被木梯子擊中頭部，還昏過去一會兒。

大姐走失，還好後來找到她，父母親為此不知白了多少根頭髮。

妹妹和我與鄰居去碧潭划船，妹妹在船上站起來，造成船身不穩，差一點翻覆。

我在門口和鄰居小孩兒玩時，一輛計程車司機要強行拉我上車，我一邊掙扎，朋友也在旁邊拉我的手，那司機才放棄離開。

母親在陽臺曬完衣服，從樓梯走下來時，木梯突然斷裂，母親跌落，摔斷腳踝，休養了一個多月才復原。

小黑

還有一件事，我一直忍著不想說，因為想了還會難過，是有關我家狗狗小黑的事。小黑在我們家日子並不好過，因為牠常常吠叫，尤其一到晚上，牠會不停的狂吠，甚至發出像狼嚎的聲音。父親會打罵牠，然而不論怎麼責打，牠仍是吠，不停的吠，終於父親無法忍受，顧不了我們四個女兒流了幾缸的淚，在民國七十一年三月六日將牠送給狗園。當時新生南路和信義路口的轉角有許多家狗店，販賣犬隻，牠被送去的狗店名字是「萬國狗園」，這些都記錄在我的日記本中。三天後，也就是三月九日我從金華女中放學去找牠時已沒有牠的蹤影，狗店老闆說牠被買走了。我們心裡都有不祥的感覺，直覺事情不是這樣的，心裡說不出的酸痛，知道一切都無法挽回。

十天後大姊夢到一位小女孩來找她，暗示小黑被送往永和，死在永和了。父親送走小黑時我沒能跟牠說再見，沒想到就再沒能見到牠。牠走時才五歲，沒有多久後，我們也搬離了十八巷。小伶則是繼續陪著我們長大，直到牠壽終正寢。

小黑是隻善良的狗兒，牠一定是聽到什麼，或是看到什麼才會一直吠叫。我衷心感謝牠陪伴我們走過那一段路。

放學一路玩回家

在我還是東門國小的學生時，每天，我們放學走回家的路上都會經過現在看到的「中正紀念堂」原址。紀念堂尚未動土前，當時那片地還是軍隊駐防的區域，看到守衛的軍人，我們這些小蘿蔔頭們都扯著喉嚨，用臺語大喊：

「阿兵哥，錢多多，給我一塊買饅頭。」

偶有喜歡孩子的軍人對我們招招手，讓我們圍著他，好奇地摸一下那長長的步槍，然後興奮地問許多問題，不記得問了甚麼，也不記得阿兵哥回答了甚麼，只記得這些軍人並不嚴肅，面對我們這群解放出來的小野獸很和善，完全不嫌我們煩吵。

有時，我們會摘路旁不知名的野果樹的鮮嫩綠葉，用力搓揉著，聞它散發出如芒果的清香。

有時趴在低矮的紅磚牆緣，從磚縫中看泥巴圈裡的黑豬，憋著氣注視那會動的神奇大鼻子和轉來轉去會驅蚊蟲的捲尾巴，等空氣中混雜的糞臭味飄浮，吸進我們已憋不住的肺腔中，總是在一剎那間激起我們的狂笑，小蘿蔔頭們開始奔跑，那時候書包裡沒幾本書，跑起來可以像飛的一樣。兩條辮子舞動在兩頰旁，好像一對裝飾用的小翅膀。跑到髮辮飛揚，裙襬和書包一塊兒在空中跳躍。

我記得長長的隊伍，在陽光下一路玩回家，路隊長揮舞著黃色小旗子，我們跟到最後都不知跟到哪裡去了。反正前後左右都是孩子，熱熱鬧鬧，像遊行隊伍，等走進了十八巷，就和這些同學兼鄰居們繼續未完成的遊戲。

被瀝青黏住的那一天

和杭州南路的感情深厚，還因為一次烏龍事件。

那一天，我被黏在馬路上。

想一想，有什麼能比這更直接難忘的呢？

在我小學三年級的時候，十八巷的馬路舖柏油。我很喜歡聞那特殊的焦煤味，新鮮濃重，說不出來的誘惑。我雖在別處見過，但難得在自家門口看到剛出爐的瀝青。那天一早整條巷子的路面冒著輕煙，我盯著黑色的路面，澈底著迷了。

剛好父親在幾天前買了雙新皮鞋給我，我穿上新鞋，背著書包，踏出家門口的時候，那黑色的瀝青似乎在向我招手。我沒注意所有其他要上學的小朋友們都是貼著住家的門口走，走在水溝蓋上，沒有舖到柏油的地方。只有我毫不遲疑的走上十八巷的正中央，因為無車無人，整條筆直的黑色大路變成我的專用道，我又興奮又緊張，藍色的小摺裙跟著我舞動，一步一步的往前走。

那天天氣嚴熱，白花花的陽光灑在頭頂上，也灑在剛剛舖好不久的瀝青上。我越走越沉重，感到腳底很黏稠，我心裡慌了，也不知道要離開路面，硬著頭皮繼續走。就在離家門口約二百公尺的地方，慘劇發生了，我被黏住了，兩隻腳再也抬不起來。我蹲下去，終於忍不住嚎啕大哭。旁邊住家鄰居出來看到蹲在路中央的我，加上其他孩子認得，有人立刻飛奔去跟我父母親報信。父親趕來，將我抱起，先放我到路旁邊，再用力將鞋子拔起。那雙新鞋子就這樣被我毀了。

回家後，父親竟然沒有罵我。

我記得自己黏在十八巷的那一天，那個被瀝青迷住的小女孩在父親的懷抱裡安全回到家裡。

杭州南路二段十八巷十三號啊……

我回憶這些點點滴滴的經歷，實在是因為捨不得忘記。那時的每一寸光陰，在我的腦海裡灑下肥沃的泥土，培植著奇異的種子，伴隨著「他們」的存在，讓原本荒蕪的記憶園子裡結滿了各式的珍果，在往後許許多多的日子裡，讓我覺得世間萬事都有其特殊的意義與神祕性。

這二十三個故事就當做是一個引導。希望它們能——

引發你的想像，

引發你的敬畏，

引發你對世間的好奇，

引發你對萬物的尊敬，
引發你的善，
引發你內心的寧靜。
當你在夜晚仰望穹蒼時，能在心底投下感謝。
我們能好好的生活在這顆美麗的星球上是多麼幸運的事。

釀小說78　PG1349

鬼屋
──杭州南路二段十八巷十三號

作　　者　谷　梅
繪　　者　董十行
責任編輯　陳佳怡
圖文排版　周妤靜
封面設計　蔡瑋筠

出版策劃　釀出版
製作發行　秀威資訊科技股份有限公司
114 台北市內湖區瑞光路76巷65號1樓
電話：+886-2-2796-3638　傳真：+886-2-2796-1377
服務信箱：service@showwe.com.tw
http://www.showwe.com.tw
郵政劃撥　19563868　戶名：秀威資訊科技股份有限公司
展售門市　國家書店【松江門市】
104 台北市中山區松江路209號1樓
電話：+886-2-2518-0207　傳真：+886-2-2518-0778
網路訂購　秀威網路書店：http://www.bodbooks.com.tw
國家網路書店：http://www.govbooks.com.tw
法律顧問　毛國樑　律師
總 經 銷　聯合發行股份有限公司
231新北市新店區寶橋路235巷6弄6號4F
電話：+886-2-2917-8022　傳真：+886-2-2915-6275

出版日期　2016年03月　BOD一版
定　　價　270元

Printed in Taiwan

國家圖書館出版品預行編目

鬼屋：杭州南路二段十八巷十三號 / 谷梅著. --
一版. -- 臺北市：釀出版, 2016.03
面； 公分
BOD版
ISBN 978-986-445-094-7(平裝)

857.7 105002194

讀者回函卡

感謝您購買本書，為提升服務品質，請填妥以下資料，將讀者回函卡直接寄回或傳真本公司，收到您的寶貴意見後，我們會收藏記錄及檢討，謝謝！

如您需要了解本公司最新出版書目、購書優惠或企劃活動，歡迎您上網查詢或下載相關資料：http:// www.showwe.com.tw

您購買的書名：________________________________

出生日期：________年________月________日

學歷：□高中（含）以下　□大專　□研究所（含）以上

職業：□製造業　□金融業　□資訊業　□軍警　□傳播業　□自由業

□服務業　□公務員　□教職　□學生　□家管　□其它_____

購書地點：□網路書店　□實體書店　□書展　□郵購　□贈閱　□其他

您從何得知本書的消息？

□網路書店　□實體書店　□網路搜尋　□電子報　□書訊　□雜誌

□傳播媒體　□親友推薦　□網站推薦　□部落格　□其他__________

您對本書的評價：（請填代號　1.非常滿意　2.滿意　3.尚可　4.再改進）

封面設計____　版面編排____　內容____　文／譯筆____　價格____

讀完書後您覺得：

□很有收穫　□有收穫　□收穫不多　□沒收穫

對我們的建議：________________________________

____

____

____

請貼
郵票

11466
台北市內湖區瑞光路 76 巷 65 號 1 樓
秀威資訊科技股份有限公司 收
BOD 數位出版事業部

（請沿線對折寄回，謝謝！）

姓　　名：＿＿＿＿＿＿＿＿　年齡：＿＿＿＿　性別：□女　□男

郵遞區號：□□□□□

地　　址：＿＿＿＿＿＿＿＿＿＿＿＿＿＿＿＿

聯絡電話：（日）＿＿＿＿＿＿＿＿（夜）＿＿＿＿＿＿＿＿

E-mail：＿＿＿＿＿＿＿＿＿＿＿＿＿＿＿＿